KB115679

100년의 사랑

100년의 사랑

발행일	2021년 5월 11일

지은이   동해
펴낸이   손형국
펴낸곳   (주)북랩
편집인   선일영   편집   정두철, 윤성아, 배진용, 김현아, 박준
디자인   이현수, 한수희, 김윤주, 허지혜   제작   박기성, 황동현, 구성우, 권태련
마케팅   김회란, 박진관
출판등록 2004. 12. 1(제2012-000051호)
주소   서울특별시 금천구 가산디지털 1로 168, 우림라이온스밸리 B동 B113~114호, C동 B101호
홈페이지 www.book.co.kr
전화번호 (02)2026-5777   팩스   (02)2026-5747

ISBN   979-11-6539-749-4 03810 (종이책)   979-11-6539-750-0 05810 (전자책)

잘못된 책은 구입한 곳에서 교환해드립니다.
이 책은 저작권법에 따라 보호받는 저작물이므로 무단 전재와 복제를 금합니다.

(주)북랩 성공출판의 파트너

북랩 홈페이지와 패밀리 사이트에서 다양한 출판 솔루션을 만나 보세요!

홈페이지 book.co.kr   •   **블로그** blog.naver.com/essaybook   •   **출판문의** book@book.co.kr

작가 연락처 문의 ▸ ask.book.co.kr

작가의 연락처는 개인정보이므로 북랩에서 알려드릴 수가 없습니다.

동해 시·소설

100년의
사랑

북랩 book Lab

100년의 사랑

왼쪽의 사랑

배낭일지 to 베트남, 캄보디아

뉴욕 무용단 발레리나

하늘 한번 보자

100년의 사랑

오늘의 대화 l

행복하십쇼
그 행복 꽉 붙들어매길 바랄게요
저는 신경쓰지 말아요
자기 전 그대를 생각하는 것만으로도 행복하니까요

오늘의 대화 2

너 내가 다른 여자랑 자면 어떡할래?
너 죽어버릴 거야
너도 죽을 텐데
그래도 괜찮아

오늘의 대화 3

내 몸 주면 뭐 줄래
심장이랑 바꿀게

오늘의 대화 4

내가 발육 좋은 초등학생이랑 놀면 무슨 느낌이야
내가 잘생긴 초등학생이랑 논다고 생각해봐
ㅋㅋㅋㅋ

약속

지금은 내 턴이란 말
잘못했습니다
앞으로 제 턴은 없어요
당신의 턴만 있어요
다른 사람이 우리를 비웃으면
손을 잡아 주세요

태동

    살려면 살아가는 행복 그것이 무엇인지 누가 알겠는가? 모두 그것을 모른 채 삶을 시작한다. 어떤 삶이 베스트고 어떤 것이 워스트고 그것은 알 수 없다. 고생을 많이 하는 것이 베스트. 그렇게 생각할 수 있고 운이 좋아야 하는 것이 좋은 삶일 수 있기 때문에 그런 건 아무도 모르는 것이기 때문이다. 다만 나중에 다 살고 나서 우리 너무 좋은 삶이었어 하며 회고할 수 있다면 그것이 좋은 삶이 아닐까 다시 한번 생각한다.

    행운아다 행운아 초록빛이 영롱한 흰 빛깔 아래 모두 조용하다. 모두의 바람대로 새 생명이 낳아진다. 모두 기대를 하며 쳐다본다. 이렇게 좋은 것은 처음이다. 모두 이렇게 좋은 것은 처음이다. 약동하는 새들도 바라보는 나무들도 죽은 나뭇잎들도 사람 모두 삶을 축하한다. 모두 이런 태동을 축하하는 마음가짐이다.

    이제 새로운 전장이 선택된다. 삶이란 것은 싸움의 계속, 그것만이 삶. 누구도 도망칠 수 없는 삶, 그것은 시작이며 끝. 누구도 벗어나려고 하나 그럴 수는 없다. 계속되는 태양에 멈춰 서는 사람들. 어떻게 보면 이게 삶이라고 우겨 보아도 아무도 듣지 않는 그것이 삶의 계속. 괴로움만이 삶의 연속일 뿐이다, 사랑하지 않으면.

모두 어떻게 하면 성공을 할 수 있을까? 도전자들의 마음이다. 어떻게 더 높은 곳으로 뛸까? 어떻게 이 삭막한 세계를 제대로 살아갈 수 있을까? 이것은 우리 모두의 마음이기도 하다. 더 낳아야지 더 이겨야지 더 던져야지가 하나의 생각이며 논리.

이제 모두 자신의 삶을 시작한다. 생명의 시작. 삼신할머니부터 몽고반점을 줄 때까지는 생명이 아닌 하나의 세포 그것이 다시 사랑의 힘으로.

이제 모두 시작한다. 약동하라 아이들이여. 약동하라 사람들이여. 이것을 이겨내야만 사람이 된다오, 아이가 태어난다. 응애응애 모두가 지켜본다. 모두의 경사다.

아이가 태어난다는 것 그것만이 하나의 삶의 전부. 또 아이를 낳으리라, 또 아이를 탄생시키리라. 그것이 생명체 모두의 꿈이다. 그것이 그렇게 중요한가 자신에게 물어봐라. 이것이 어떻게 성사될 수 있는가 모두 자신의 사랑을 위해 뛰어야 한다.

그렇게 살면 성공한 삶이 될까, 그것은 모른다. 한번 누군가와 심도 있는 대화를 나누어 보아야 한다고 생각한다. 심도 있는 대화만 있으면 될까? 아니면 이론적 접근이 필요한 것인가. 뛰어가는 바보보다 날아가는 새가 더 높다.

"응애 응애"
"온 집안이 시끄럽다."

"애 좀 봐 애 좀 봐."

여의도는 63빌딩이 있어야 되듯이 우리에게는 아이가 필요해, 정현 미영의 집은 여의도다. 여의도에서 엄청난 사건들이 매일 일어난다. 일어나는 모든 사건들의 총망라가 뉴스 아닐까? 뉴스라는 대중매체가 있음으로 인해 엄청난 정보가 들어온다. 8시 뉴스는 꼭 들어야지가 사람들의 마음 아닐까. 열심히 공부하자라는 생각도 어떤 나쁜 소식이 오지라는 생각도 뉴스를 보면 나온다.

뉴스는 어쩌면 총망라한 정보의 총칭이다. 어떤 뉴스가 나오냐가 사람들의 가십거리 혹은 주된 잡담거리가 된다. 어떤 것은 사람들을 바꾸어 놓기도 한다. 고위직일 수도 있지만 그냥 평범한 사람들도 뉴스에 휩쓸려 글을 쓰기도 한다. 오늘도 뉴스가 나온다. IMF가 터졌습니다라는 뉴스가 사람들의 가슴을 짓밟는다. 5룡이라는 칭호하에 잘 나가던 우리나라의 경제가 최대 위협에 걸린 것이다. 1997년 우리나라는 엄청난 경기 폭탄을 맞는다. 미국의 대공황에 맞먹을 만큼의 초유의 사태가 발생한다.

"외화 부채는"
"여보 우리 금시계랑 금반지 내야겠어요."

뉴스를 보던 정현이 말한다. 그걸 왜 내냐고 말하고 싶지도 않다. 애국자라면 모두 금반지를 냈다. 집안의 모든 금반지를 내야 되겠다고 말하려고 한다. 그런 상황에서 아이는 계속 울어댄다. 이 아이에게 물려줘야 할 보석인데라며 혀를 찬다.

"여보 우리 파탄나진 않잖아요. 곧 불황도 끝이래요."

이젠 우리나라는 어떻게 될까? 다시 후진국의 절차를 밟는 걸까라는 안타까운 마음을 가진 사람들이 대다수라니. IMF가 때리고 간 후폭풍이 엄청났다. 으쌰으쌰 하며 나아가던 살림은 파탄지경에 이르렀고 모든 은행이 망했다. 이를 해결하기 위해 정부에서는 몇 가지 대책을 세운다.

"우리 애기 줄 보석도 다 팔아야 되네 참."

아기는 계속해서 운다. 계속되는 울음에 엄마는 달랜다. 엄마는 기저귀를 갈아 주려고 한다. 자그마한 손이 엄마의 엄지를 잡는다.

옆집에서도 아기의 울음소리가 들린다.

"응애 응애"
"저 애는 왜 우냐?"
"여보, 자는 왜 울어 시끄러워 정말."
"옆집 수영이는 왜 우리 아가 울면 울어."
"뭐 울음소리가 싫거나 뭐."

수영이는 아들의 울음소리가 나기만 하면 운다. 그것은 어쩌면 둘의 유년 시절 엄마가 말해 줘야 아는 둘만의 만남이었다. 훗날 엄마는 말해 준다. 너 따라 우는 아이가 있었다고, 그 애 이름이 수영이었다고 말이다.

수영이는 응애응애 울음을 운다. 울음소리는 우렁차고 시원했다. 여자아이지만 성격이 활발한 애라는 인상을 준다. 여자 같지 않고 시원한 울음을 내는 그런 여자였다. 여자의 아이는 남자의 아이와 구별할 수 없을 정도의 음을 낸다.

응애 응애 운다는 것은 무엇인가 자신을 나타내는 유일한 표현, 그럼 더 자신 있게 내야만 한다는 건가. 그럴 수도 있다, 어른은 울음만 들어도 어떤 게 문제인지 알고 있다, 그런 것까지 아기는 노려야 하는 그런 인간의 시작.

더 잘 돌봐 주지 않으면 썩어가는 무처럼 더 봐줘야만 하는 어린이를 어떻게 돌봐야만 할까 모두 다 죽어가는 무처럼 죽일 수 없다면.

칼자루를 쥔다. 어른들은. 그것으로 아이의 인생에 손을 댄다. 손을 대다 없어지면 다시 쥔다.

어떤 삶이 최선일까. 다이아를 조각한다. 사파이어, 토파즈 원석 같던 것이 조각대로 아이는 커 간다. 전통과 미래 모두 다 생각해야 한다. 그것만이 최선일지도 모른다.

그러나 우리는 최선을 다해 성장하는 아이를 키운다. 키움, 이 키움을 낳는 계속되는 방아쇠. 이것은 우리의 삶이 있게 한 이유쯤 된다. 이런대로 이겨나가는 게 얼마나 힘든지 알고 있다. 그것이 경쟁. 경쟁은 경쟁을 낳는다. 승자는 3, 4명이 아닌 여러 명. 승자를 늘리면 우리는 모두 성공한다. 성공할래, 성공할래, 모두 패자들의 변명일 뿐이다.

    계속해서 이기려는 시도들은 모두 허사, 이김의 끝이 무엇인지 생각
하고 봐야 한다. 어떻게 이길까가 아닌 이겨서 무엇을 할까가 공통된
조건들이어야 한다. 그러나 이게 우리를 어디로 끌고 가는지 함께 토
의하고 나눠야 한다.

5살

아이들은 모두 웃는다. 웃음, 성실, 지혜, 우리가 가르쳐야 할 것들. 하하하하라는 웃음보다는 해해해해라는 웃음이 좋아. 한 유치원 선생님의 얘기다. 그렇게 즐거운 사람들은 무엇을 할까를 생각해 보면 답이 나온다.

푸른 햇살이 되었다. 푸른 햇살 속에서 뛰어노는 아이들. 달려가는 노랫말. 뛰어가는 초록 잎새들. 이토록 좋은 날 아이들은 뛰어논다. 잎새보다 빠르고 푸르게 뛰어나게 자라 간다. 자라는 아이들이 엄청나게 많다.

어떻게든 자신의 소리를 들려주려는 듯 새들은 지저귄다. 이 소리는 무엇인가를 잘 생각해보면 그들의 감정을 노래로 표현하는 새들을 다시 생각하게 한다. 이게 무슨 소리지라고 생각해보았나, 아무도 그런 생각은 안 해 보았을 것이다.

아이는 뛰어나길 바라는 마음은 부모 모두 똑같다. 왜 아무도 이상하게 키우려고 하지 않을지 생각해 본다.

게임은 두 두뇌의 부딪힘. 아이들이 매일 하는 것이다. 그러면서 성장을 한다. 이겨도 좋고 져도 좋고를 정해 놓은 부모도 있다. 다 이기려고 하면 밉상이 된다. 하지만 매우 잘 큰다.

가위바위보도 지지 않으려는 사람들이 많다. 가위바위보 공식을 만들어 보면 좋을 것 같다. 묵 뒤에 내는 것은 찌를 빠보다 많이 내는 것처럼 말이다.

재아는 일어나서 놀이터를 간다. 엄마 미영이 따라 간다. 엄마 이거 너무 좋아. 아이들의 카드를 보고는 말한다. 너무 갖고 싶다는 표정이다. 카드를 자랑하는 아이는 부러움을 한 몸에 받는다.

포켓몬은 아이들의 최고 재밌는 놀이거리이다. 세뱃돈을 받으면 전부 다 포켓몬 카드를 살 정도로 좋아한다. 포켓몬은 재밌다. 그들은 포켓몬 카드로 카드치기를 하지 않는다. 그저 포켓몬의 강함과 유일성을 본다. 이 카드가 나왔다며 자랑하기가 그들의 최고 장난이었다.

미영은 아이에게 카드를 사주고자 하지 않는다. 놀이터에서 놀게 하기 위해서이다. 재아는 미끄럼틀을 올라탄다. 올라탄 후 쭈르르 내려온다. 곡예에 가까운 놀이를 11살 형들이 한다. 형들은 2층 계단에서 점프를 하며 뛰어내린다.

형들은 자신이 애인지도 모르고 재아를 애 취급한다.

"얘 너무 웃겨."

형들의 비웃음을 재아는 창피해한다. 재아는 뛰어논다. 자기 친구

미혁이와 논다. 계속해서 논다. 달리기를 하며 논다.

"미혁이는 바보래요."

재아는 빠르게 놀리고 도망간다.

"너가 더 바보야."

미혁이는 웃으면서 말한다.

"너는 미혁국이잖아. 미역국 미혁아."

이름을 갖고 장난치는 것은 어릴 때의 가장 큰 놀이다.

"넌 재앙이야 재아에 o 자만 붙이면 넌 재앙이야."

둘은 재밌게 뛰어논다. 뛰어놀고 있자 엄마 손을 잡고 수영이 놀이
터로 온다. 여자애는 엄마에게서 떨어질 줄을 모른다. 수영은 공주
옷을 입고 있다. 공주 옷을 입은 수영은 분홍색 공주 옷을 입고 좋은
기분으로 둘을 만나러 간다.

"넌 너무 못생겼어. 이 재앙아."
"맞지, 너 재앙은 얼굴이 재앙이야. 하하하."

셋은 같이 시소를 탄다. 재아는 가운데서 균형을 맞춘다. 시소의 가

운데서 일어나서 균형을 맞추고 보드를 타는 듯한 자세를 취한다.

미혁과 수영은 시소를 탄다. 중간의 재아는 중앙에서 외친다.

"아, 나 넘어지겠어!"
"쟤 너무 웃겨."

셋은 웃으며 시소를 탄다.

"내일 유치원에서 보자고 인사하고 와. 수영이한테."

재아의 엄마는 인사를 꼭 하고 오라고 한다.

"안녕, 잘 가."
"응 너두."

하루가 저문다. 엄마 아빠 앞에서 재롱을 피운다.

아침이 밝았다. 엄마 아빠 손을 잡고 유치원에 간다. 요즘은 대기를
기다려야 유치원에 입학할 수 있을 정도이다. 엄마 아빠 모두 일자리
가 있고 맞벌이이다. 유치원에 입학시키자 아들을 정말 키우기 쉬워졌
다. 재아는 붙임성이 좋고 재미있다는 게 선생님들의 견해였다.

좋은 이야기들이 선생님의 입에서 나왔고 엄마 아빠는 안심하고 유치
원에 등원시켰다. 다 웃으며 지내는 그런 유치원이고 모두 잘 살았다.

"야, 재아야 그건 만지지 마."

간식으로 준 스파게티를 손으로 만져서 먹는다.

"젓가락을 써야지. 자."

선생님은 때로는 엄하다. 옆의 미혁은 물을 마시다 물을 엎는다.

"야, 손미혁."
"물 당장 닦어."

선생님은 화를 내며 신경질을 낸다. 신경질을 달고 산다는 게 유치원 선생님이다. 애들을 때리는 폭력사건도 많이 일어난다.

"재아야, 손 씻어."

재아는 손을 씻으러 간다.

이들에 반해 수영은 정숙하다. 어린 나이에 바른 행동을 한다. 바른 행동을 하는 수영은 스티커를 많이 모았다. 유치원 내에서 모은 스티커가 남들의 3배는 될 정도로 바르다.

밥을 먹고 재아는 남자아이들과 소꿉놀이를 했다. 다들 수영을 좋아한다. 어려서 그렇지만 그런 감정을 그냥 당연히 여긴다. 그 남자아이 중에 재아는 끼어져 있다. 물론 미혁도 마찬가지이다.

"너 물 떠 와. 설거지에 필요해."

"응, 여기 떠 왔어."
라고 미혁이 말한다.

"재아야! 그거 부수지 마."

재아는 양파 모양 장난감을 부순다.

"메롱 부셨어."

미혁은 재아를 말리나 실패한다.

누가 남편 할래?
재아는 묻는다.

"나."

재아가 당당히 말했다.

"그럼 너가 남편 하고 돈이랑 내 자신 다 맡길 수 있어야 돼. 알겠지."

재아가 당당히 답한다.

"그래 나만 믿어 봐. 호강시켜 줄게."

집에 오는 길 재아와 수영이 서로 인사를 한다.
엄마는 재아에게 인사를 하고 오라고 한다.

"잘 가 수영아."

"뽀뽀해." 선생님이 말한다.

애들이 이렇게 친하다고 어머니들에게 선생님이 말해 준다. 둘이 매우 친한 사이고 잘 지낸다는 것을 말해 준다. 어머니들은 그 말을 듣고는 좋아한다.

"어쩜 그렇게 친해졌대요. 아주 똘망똘망하더만 재아어린이."
"그래요 둘이 아주 친한가 봐요."

"뽀뽀."

엄마는 재아를 데리고 집으로 온다. 엄마가 말한다. 재아에게 수영을 조금 더 좋아하게 만들려는 수작을 부린다.

"수영이가 재아를 너무 좋아한대."
아이는 순수하게 대답한다.

"나도 걔 좋은데."

어린이들의 사랑은 꽃처럼 펼쳐진다. 거짓이나 실패가 거의 없다.

짝사랑을 숨기려고 해도 모두 티가 난다. 뛰어가는 파랑불 나도 쫓아 가자 하얀불, 그것이 사랑 아닐까. 그것을 아무리 추구해도 끝이 없을 아이의 드라마. 언제까지 좋아해야 하는지 한번 물어보지 않자 그 것이 싫은 것이라고 생각하고 가 버리는 남자아이.

어떤 것도 생각할 것 없이 좋아하는 남자아이. 그것들은 모두 우리의 사랑의 기원 아닐까?

사랑이 뭔지는 아이들을 보라. 거기에 답이 있을 테니. 보라색보다 선명하게.

애들은 모른다. 자신이 사랑을 주는 존재라는 걸. 어른들인 우리도 모르지 않을까? 우리가 사랑을 주는 존재라는 것을.

다시 생각해 봐야 할 대목이다.

어른들의 사랑을 따라가려는 아이들은 없다. 그런 아이는 한번도 못 봤다. 무순이 모두 생존하는 것보다 어렵다.

태양이 밝게 빛난다. 어디든 마찬가지다. 그런 것은 공평한 에너지를 준다. 적도가 더 밝지만 말이다.

13살

햇살이 천공에 떠 있다. 천공의 성 라퓨타. 모두 아는 만화 내용이다. 그런 것이 초등학생이 하는 색칠공부. 모두가 하는 그림공부. 모두가 하는 데생 공부도 마찬가지이다. 이렇게 좋은 천공에 떠 있는 햇살이 싫은 아이는 하나도 없다.

태양아 밝게 빛나라. 더 밝게 빛나라. 더 많은 에너지를 나에게 한 번만이라도 다오.

어제보다 태양이 더 좋아졌으면 좋겠다. 모두가 발전하도록.

이제는 모두가 재미를 알까. 인생의 재미를 초등학생들은 배운다. 얼마나 재밌게 노는지 아이들은 어른들의 제일 좋은 장난감이다.

장난감을 다루는 솜씨는 선생님들이 제일 좋다. 이제는 겨우 7~8살이 된 아이들을 가르친다.

동요를 다 외우는 게 힘들까, 아이들을 다 다루는 게 힘들까. 묵찌빠처럼 어렵다.

아이들은 어떤 것에서 더 많은 것을 배울까. 종달새가 가르치는 교실에서 참새가 놀듯이 뛰논다.

비둘기는 하루에도 몇 번씩 빠르게 비행한다. 비행기 고도보다 높다고 생각한다. 키는 하루 만에 크는 게 아니듯 실력이 하루 만에 늘지 않는다.

재아는 13살이 된 후 싸움을 많이 한다. 조금 화가 나면 싸움을 해서 반 싸움꾼이 되었다. 날라차기가 특징이었고 뒷발차기, 되돌려차기 같은 킥들이 특징이었다. 태권도를 배워서 싸움꾼이 됐다.

체격은 중상 정도의 크기였고 피부는 밝은 편이었다. 밝은 색으로 염색을 하고 다니는 나름대로의 멋쟁이였다.

수영과는 5살 이후로 만나지를 않았다. 수영은 재아의 옆 학교로 배정받았고 둘은 학교에서 만날 수 없었다.

"수영아 너 왜 안 보이니."
"너는 학원 어디 다녀?"

수영은 친절한 목소리로 물어본다.

재아는 당차게 말한다.

"쯧쯧 공부나 열심히 해. 싸움 배우지 말고."

"뭐라고?"

하고는 서로 헤어진다.

둘 간의 연애라는 것을 받아들이기 전이다. 옆 학교 센 애들과 싸움을 하기 위해서이다.

"여기 1장 나와."
"아따 나랑 뜨자."

상대방 학교 1장이 나와 싸운다. 모두 싸움에 놀라워한다.

"이 학교는 이제 내 밑이다. 더 이상 까분다 하면 죽는 거야."

아이들은 싸움을 하며 지낸다. 누가 더 세냐에 초점을 맞춘다. 그것만 보는 아이도 있다. 다 거기서 울음이 발생한다. 저 울음 좀 막아주세요라고 부탁하는 아이부터 더 울리려는 아이가 발생한다. 누가 현명한지는 안다.

계속되는 천공의 태양은 우리를 하늘을 우러러보게 한다. 이런 것만이 학생이 아닐 리 없다.

누가 계속해서 싸울 건진 누구도 정하지 않는다. 누군가는 계속해서 싸운다. 그 싸움이 얼마나 계속될지는 모른다. 아비도 모른다. 그러나 중요한 것은 경험이 쌓여 나중에 쓰인다는 것. 그 경험이 쌓여서 어떻게 될지는 모른다는 것이다.

아이들의 싸움이 계속되는 동안 어른들의 말림은 계속된다. 어른도 마찬가지로 이치를 못 따라간다. 그들이 따라가는 것은 다 다르다.

19살

"대학을 준비해야 돼. 꼭 서울대를 합격해야지.
꼭 대학을 간다. 나의 모든 것을 건 승부다."

재아의 고3 수험생활이 시작되었다.

그러나 그것이 말처럼 쉽지가 않았다. 엄청난 공부량을 계획한 후
엄청나게 조금 공부하는 그런 일이 일어난 것이다. 고3 수험생활은 마
치 마라톤을 천천히 뛰어가는 것. 그것과 매우 닮아 있다. 얼마나 뛰
어야 되는지 알고 끝도 없지만 그동안의 싸움을 이겨내는 것만이 고3
수험생활이었다.

달리기를 꼭 해야지라는 마음가짐 없이는 안 되지만, 꼭 하려면 지
금 당장 뛰어야지라는 생각이 더 중요했다. 계속 달리기를 시도했고
거기에서 얻고 기억하는 것, 그것이 공부였다. 가장 잘 달리는 케냐의
마라톤 선수처럼 수험생들의 마음은 시들어간다.

얼마나 더 해야 목표에 도달하는지도 모른 학생들이 있다. 최고의
대학을 들어가려는 재아였다. 절대 공부 못 할 양을 목표로 삼았다.
예를 들면 오늘 하루 만에 인문사회책을 다 봐야지 같은 것이었다.

계속되는 공부에 지칠 대로 지친 사람들은 다 슬퍼하며 자신의 삶을 인고한다. 그렇게 슬픈 마음으로 재아는 자신의 짝사랑 수영을 지켜본다. 수영 역시 고3이지만 언제나 활기차다. 열심히 공부한 만큼 놀자가 수영의 기본 마음 자세이다.

둘의 고등학교는 다르다. 옆에 있다.
둘은 문자를 주고받는다.

from 재아
뭐하는 중?

from 수영
난 공부중이지 뭐

from 재아
이번 주말에 카페에서 같이 공부할래? 밥도 먹고?

from 수영
아 나 선약이 있어서 sorry

이런 문자를 주고받는다.

이제 모두 마지막 날의 수능인지 안다. 모두 그것이 종착역 마치 부산처럼. 부산에서 새로운 일이 끊임없이 일어나듯 종착역이 지나서도 마산 진해가 있듯 새로운 삶이 펼쳐진다.

수능은 아직 시작도 안 한 거야. 서울로 올라가고 도쿄 뉴욕도 가야 돼가 정설이다.

이런 삶은 너무 힘들지 않아요라고 아무리 물어봐도 점점 떨어질 뿐이다. 곧 서울이 기다린다. 더 좋은 삶이 기다린다고 아무도 말해주지 않는다.

이제는 더 좋은 삶이 기다리는 것을 알고 모두 대학을 간다. 얼마나 가야만 돼요라고 울던 학생도 기세등등하던 학생도 대학에 들어가 즐거움을 누린다.

아직 너무 아는 것이 없구나라는 말을 이해하지 못한다. 다만 너무 아는 것이 많구나는 받아들이고 지식으로 간다.

성공이 전부인지 아는 사람들은 sky를 가기를 원한다.

대학

그 둘은 수험생활을 마치고 둘 다 최상위권 대학인 K대에 합격했다. 둘은 매일 붙어서 놀았고 그런 좋은 감정들이 둘의 연애를 더 풍성하게 했다.

"사랑한다. 수영아."
"나도."
"끝까지 같이할 거지, 수영아."
"그래 너만 잘하면."

둘은 도서관에 앉아 사랑을 속삭였다. 넓은 도서관에서 소곤소곤 말한 것이 좀 더 널리 퍼져 옆 사람뿐만 아니라 2층 사람까지도 들리었다.

"너 술게임 지지 마."
"왜? 좀 져 줘야 재밌게 봐주지."

재아가 말한다.

"술게임 다 이기면 짱이라도 돼? 어?"

재아가 말을 한다.

"너가 지면 다 어색해하잖아. 바보야."

수영이 말을 잇는다.

"너 다 틀리는 거 니 머리가 부족해서야."

재아가 당황한다.

"지금 해 볼래? 내가 아무리 머리 안 좋은 건 알지만 술게임도 못 이겨? 내가 마음만 먹으면 다 이길 수도 있어. 어쩜 그래, 내 애인이긴 해?"

수영이 웃는다.

"지금 해 보자 친구 두 명만 불러서."

재아가 자기 친구 두 명을 부르려고 한다. 둘은 많은 게임을 해 왔지만 술게임을 맞붙는 건 처음이라 둘 다 어림쩍어한다. 그래서 2명의 친구를 더 부르려고 한다.

"승재, 민주 부른다."
"그래 한번 해봐. 흐흐."
둘은 승재와 민주가 오기까지 기다린다. 둘은 무슨 게임을 할지 종

목을 정한다. 둘은 baslin 게임, 틱틱톡톡 게임 등 계속해서 게임을 정했다. 모르는 게임의 규칙을 서로 정하였다.

"너 내가 개강 첫날에 하는 거 봤어 안 봤어. 내가 그렇게 못 한다고 생각해?"

재아가 자랑하듯이 말한다.

"너 처음에 다 틀려서 얼마나 웃었는데 그걸 까먹어?"

수영이 웃으며 말한다.

"내가 그것보다 100배 잘하게 됐어. 너 감탄하지 마."
"그래 한번 해보자."

둘은 30분쯤 학교 앞 카페에서 기다린다. 승재는 2명을 더 데려와 6명이서 게임을 하게 됐다.
커플 사이의 재미난 대결로 인해 긴장감이 흘렀다.
승재가 왔다.

"술집으로 옮기지?"

재아가 말했다.

"여기서 해. 빨리 이기고 싶으니깐."

재아가 계속해서 말을 이끌어 갔다.

"오늘 수영과 나 사이에 누가 더 잘하나 시합하기로 했으니깐 잘 봐. 내가 이겨먹을 거야. 알겠어."

민주는 게임을 시작했다.

"시작"
"팅팅팅팅 짹짹짹짹 팅팅 짹짹 냄비 놀이. 승재 다섯."
"승재 승재 승재 승재 승재 아아아."
"승재 당첨."
"내가 더 잘하지, 승재야?"
"계속해."

재아가 계속 채근하였다.

"팅팅팅팅 짹짹짹짹 후라이팬 놀이. 수영 두셋."
"수영수영."
"어 잠깐만, 두셋이 뭐야?"

재아는 웃으면서 말했다. 두셋이 둘이면 재아가 지고 셋이면 재아가 이기는 그런 상황이었다.

"셋이란 표현이야."
"왜?"

"그래 내가 이겼네."

"두셋이란 표현이 틀린 거 아니야? 무효로 할래, 너가 진 걸로 할래?"

수영은 쏘아붙였다.

"내가 진 거다. 수영이 이겼다."

그렇게 재아가 항복함으로써 게임은 끝났다. 재아는 이길 마음이 많이 없었나 보다. 언제나 그렇듯 재아가 술게임을 더 많이 졌고 수영은 언제나 이겼다. 그런 결과를 초래한 것에 대해 둘은 합의가 되어 있었다.

둘은 언제나 함께했다. 누가 무엇을 더 잘하는지 알고 있었다. 둘은 계속해서 대학생활을 함께했고 누구보다 예쁜 마음을 사랑했다. 계속되는 시련이 와도 계속할 수 있다는 믿음이 있었다.

시간은 흘러 4학년 종강 졸업 발표회가 있게 되었다. 둘은 모두 인문학부로 인문학적 논문을 써서 졸업발표를 해야 했다. 둘은 계속 재밌게 토의하며 졸업논문을 준비하였다.

"너는 뭐 쓸려고 그래?"

수영은 물었다.

"나는 뭐 그래프별로 보는 사회영역에 대한 탐구를 해 보려고 해."

"오 그게 뭔데."

"지니계수 있잖아 그것이 큰 사회는 얼마나 결혼 비율이 높고 지니계수가 낮으면 결혼 비율이 낮은지."

"어 우리 얘기네."

"그래 이것이 얼마나 결혼을 많이 하고 어떤 사회인가에 따라 어떤 결혼을 하는지."

"그렇군 그런 수치를 정리하려고 하는구나."

"넌 인문학부가 너무 좁지 않아. 수학을 더 좋아하잖아."

"그래 나도 그거 같이하자."

재아가 같이 끼려고 한다.

"싫어 난 더 전문성이 있는 사람과 할 거야."

수영이 나무란다.

"너는 사랑이 다 똑같은 거 아니야. 어떤 나라에서도."

"아니야 100년간 사랑할 수 있는 그런 사회가 꼭 왔으면 좋겠어. 그런 사회가 와야 모두가 다 행복을 누릴 수 있기 때문이야. 누구나 다 자기 짝을 만나 함께 누릴 100년을 사는 것, 그게 모두의 목표여야만 해."

수영이 자신의 의견을 말했다.

"우리도 100년은 살겠지?"

"그래 이것아. 못 살아도 한 명이 남아서 10년 더 사랑하면 돼."

"그런가?"

둘은 졸업발표회를 성공적으로 치렀다. 재아의 발표는 수영만도 못한 발표였지만 둘은 모두 pass를 받았고 성공적으로 졸업을 하게 되었다. 둘은 취업문제도 해결하기 위해 애썼다. 3, 4학년은 거의 취업을 위한 학년이었다. 둘은 좋은 기업에 취업하려고 애썼고 취업하게 되었다.

둘은 결국 마지막 졸업식을 맞게 되었다.

"오늘이 마지막이야. 어떻게 생각해?"

재아가 물어봤다.

"어떤 일보다 기뻐. 내가 사회인이 되는 거잖아."

재아가 말했다.

"학생이 아닌?"

수영이 대답했다.

"오늘은 끝까지 취하자. 알겠지?"
"우리 미래를 위해서?"
"응, 우리 미래와 우리 회사를 위해서."

수영이 말했다.

"넌 회사 들어가는 거 어떻게 생각해?"
"난 뭐 100개나 되는 회사에 원서 넣었는데 2개 됐어. 둘의 비교를 얼마나 했는지 알아? 난 최고 회사에 들어가고 싶었는데 중견기업밖에 못 들어갔어."

중견기업 들어간 것이 못내 아쉬운 재아였다. 훗날 기업을 차려 사장이 되는 자신을 알지 못한 채 아쉬워하기만 했다. 수영은 대기업에 취업했다. B회사에 들어가게 된 수영은 엘리트 기업인이 된 것이었다.

곧 성공하려는 재아의 의지는 엄청났다. 성공하려는 의지는 곧 회사를 세우게 되고 그 회사를 성공적으로 꾸리게 되는 계기가 되었다. 재아는 성공적인 커리어를 쌓게 된 것이다.

35살

서은은 몸이 뻐근하다. 부쩍 높아진 인기로 대중들에게 사랑받고 있다. 인기에 비례해 일 역시 늘어났다. 서은은 드라마 촬영, CF촬영, 패션잡지 커버사진 촬영, 라디오, 영화 등등의 일로 매우 바쁘다. 라디오 녹화를 하러 가는 길이다. 승희가 말했다.

"2시간 동안만 하면 잘 수 있으니까 열심히 하자. 심야 촬영이라 힘들어도 참아야 돼."

서은이 짧게 답했다.

"네 알겠어요."

둘은 한동안 말이 없다. MBS 방송국 로비로 들어갔다. 출입증을 찍고 방송국 안으로 들어갔다. 남자 아이돌이 지나갔다. 서은은 반갑게 인사했다. 남자 아이돌도 인사를 했다. 가요계에 몸담고 있는 사람은 인사 하나는 잘한다는 생각을 하며 5층으로 엘리베이터를 타고 올라갔다. 라디오 부스로 들어가서 인사를 한다. PD가 인사하며 말했다.

"전서은 씨 어서오세요. 속보예요. 오늘 북한에서 전투기가 남한 군사경계선을 침범하여 우리나라 전투기와 전투가 있었어요. 어떻게 됐냐면 5대의 전투기가 편대를 이루어 우리 영역을 침범했고 우리나라는 즉시 F15전투기로 대응했어요. 대응 미사일을 날렸는데 빗나갔고 위협을 느낀 북한이 도망갔어요. 오늘 방송은 이것에 대해 얘기해 볼게요. 북한에 대한 견해를 말해 보는 건 어떻까요?"

"네. 그럼 제가 아는 한 최대한 말해 볼게요."

라디오가 시작되는 시간이 됐다. 방송중이라는 시그널이 반짝이고 행복 찾는 밤이라는 라디오 프로그램 진행자가 멘트를 날린다. 인사를 한 줄 하고 바로 노래를 튼다. 전서은이 마이크 앞에 앉는다. 노래가 끝나고 둘이 인사를 한다.

"오늘 게스트는 솔로로 활동하는 전서은 씨입니다. 어서오세요. 요즘 바쁘신데 몸은 괜찮으신가요."

"네 몸이 힘들지만 열심히 활동하고 있습니다. 청취자 여러분 반갑습니다."

"자 어떤 얘기를 시작할까요? 어떤 내용인가요."

"로봇이라는 인조인간이에요. 심장 폐 근육 모두 생물학적으로 만들어 낸 거랍니다. 그러니 장기가 동작을 멈추면 죽게 되죠."

"거기서 서은씨의 역할은 뭔가요?"

"저는 남자 로봇의 여자친구가 될 사람입니다."

"드라마 정말 기대가 되네요. 한번은 보겠습니다."

"네 많이 사랑해 주세요."

"오늘 참 놀라운 일이 있었죠? 북한의 기습공격 말입니다. 많이 놀라셨죠?"

"어떻게 된 거죠?"

"북한이 최신식 전투기 5대를 남한 영토로 비행했습니다. 그 와중에 우리 공군과 전투가 있었고요, 사상자는 없고 정확한 피해는 아직 없습니다. 하지만 이런 군사행동이 자칫하다간 전쟁으로 이어질 수 있어 걱정이 됩니다. 어떻게 생각합니까?"

"저는 북한과 평화적으로 통일했으면 좋겠어요. 저는 아는 게 별로 없어서요. 어쨌든 북한이 민주화됐으면 좋겠어요."

"네 저도 그렇게 생각합니다. 전쟁 없이 민주화된 통일 그게 가장 이상적이죠. 그러기 위해서는 나라가 강해져야 합니다. 강한 군사력과 경제력이 뒷받침되어야 가능하죠. 통일되면 가고 싶은 곳 있습니까?"

"뭐 개마고원이나 백두산 같은 곳이 좋을 것 같아요. 평양도 얼마나 발전했나 가 보고 싶고요."

"통일이 빨리 됐으면 좋겠습니다. 오늘의 주제는 통일인데요. 혹시 고향이 북한 쪽인가요?"

"아니요 청주에서 태어났어요. 청주에서 자라 성인이 돼서 상경해서 살고 있어요. 지금 집은 강남 압구정동이에요."

"저도 강남 삽니다. 끝나고 같이 가실래요?"

"하하 농담도."

"네 알겠습니다."

"그럼 아버지나 할아버지도 남한에 계속 사셨다는 거죠?"

"네 근데 더 위로 올라가면 북한 쪽에 사셨을지도 모르겠네요. 황해도나 평안도나 뭐 그건 모르겠어요."

"네 그럼 노래 듣고 오겠습니다. asdf2123님이 추천하신 〈많이 기다리다〉 듣겠습니다."

서은은 얘기를 하고 라디오 촬영을 마치고 집으로 돌아왔다. 돌아오는 길 차에서 잠이 들었다. MBS는 일산에 있고 강남까지는 1시간 거리이다. 승희는 내일 아침에 출발하자고 한다. 집에 도착한 후 옷을 다 벗은 후 샤워를 한다. 집에는 아무도 없다. 잠옷을 입고 잠에 든다. 오늘의 꿈은 없을 것 같다. 너무 힘들었으니깐.

35살 불화

박일동은 인민회의에 참석했다. 개회는 이렇게 시작한다. 박일동이 빨간 무언가를 들면 200명에서 300명이 되는 사람들이 빨간 무언가를 박일동에게 레드카드 주듯이 든다. 한 나라의 구각의 최고 회의가 그렇게 시작된다.

박일동은 인민회의 내내 지루해한다. 북한 노동당 실장이 산업화에 대해 발표한다.

"지금 나라는 자본 부족난을 겪고 있습니다. 이를 해결하기 위해 제가 생각해낸 것은…"

박일동은 일말의 기대도 버린 상태다. 북한에서 무엇을 기대한다는 것은 일종의 사치인 것이다. 실장이 계속 말한다.

"우리 정부가 나눠주는 옥수수빵이 제대로 전해지지 않습니다."
"누가 횡령했단 말인가."
"아닙니다. 아무도 그 빵을 받으러 오지 않습니다. 국민 대부분이 자기 땅에서 지은 농작물을 먹거나 시장에서 먹고 있습니다. 이는 사회주의의 질서에 맞지 않으므로 자기 땅을 소유치 못하게 하고 시장을 폐쇄해야 됩니다."

"그래? 그럼 그렇게 해."

술자리 장소로 간부들이 이동했다.
건배사를 한다.

"오늘 모두 수고하셨습니다. 우리 국민도 우리를 존경하고 있어요.
우리의 회의가 북한 주민의 삶을 바꿀 겁니다."
"모두 우리의 존엄이신 박일동 동지를 위해 건배."

박일동이 술을 한잔 마시며 말했다.

"남자가 포부가 있어야지."

간부가 말했다.

"맞습니다. 우리가 못할 게 있습니까. 우리가 사회주의입니다."

일동은 좋다고 술을 마신다.

"나는 국력을 강하게 할 일은 단 한 가지 군력으로 나라를 일으켜
세울 거야."
"쳐들어갑시다. 때려 부숩시다."

간부가 말한다.

"미국과 한국과 중국의 동맹을 깨야 합니다. 우리나라의 군사력으로 세 나라를 당해낼 수가 없습니다."

실장은 현실적인 생각을 해냈다. 제갈공명이 천하 삼분지계를 생각해내듯이 실장은 말했다.

"중국은 우리와 혈맹입니다. 중국은 전쟁이 일어나면 우리를 도울 것이 확실합니다. 그렇다면 미국을 어떻게든 전쟁에 참여 못 하게 해야 하지 않습니까? 그래서 생각해낸 게 불가침 조약입니다."
"불가침 조약?"
"네, 우리나라가 남한을 공격하는 동안 미국이 전쟁에 개입하지 않도록 조약을 맺게 하는 겁니다."

박일동이 손뼉을 치며 좋아한다.

"그거 좋은 생각이군, 당장 중국에 보내 그렇게 하도록."

박일동이 말했다.

"강성대국이 될 거야. 세계에서 가장 강한 나라가. 내가 무슨 일이 일어나도 최고가 될 거다."

36살

정훈은 아침 일찍 출근한다. 정훈의 직장은 청와대이다. 청와대에서 국무위원 일을 하고 있다. 대한민국의 권력의 핵심인 청와대에서 일을 하고 있는 것이다. 청와대를 지키는 의경들과 인사를 한다. 정훈은 젊고 유능하다. 30살에 국회의원이 되어 청와대에서 일하는 국무위원에 뽑혔다. 주된 일은 국가 정책을 계획 검토하는 일이다.

정훈은 최근에 예민해졌다. 북한의 군사 퍼레이드에서 대통령이 초대를 받은 것이다. 정훈은 북한에도 똑같은 초대가 왔는지 알아보았다. 알아본 결과 박일동의 방중은 결정된 게 없고 실장만 특사로 가게 된 것이다.

중국과의 관계가 이렇게 좋았던 적이 있었나 싶었고 이건 뭔가 이상하다는 생각도 들기는 했지만 중국과의 관계가 좋다는 건 호재가 아닐 수 없다. 중국과 한국이 친해질수록 북한의 고립도 심해질 것이고 북한은 더 어려운 상황에 처할 수 있다. 그런 어려운 상황이 생기면 쿠테타, 시민운동이 일어날 가능성이 높아지고 거기에 대한 준비도 해야 한다.

정훈의 꿈은 한국을 세계 최고의 국가로 만드는 것이다. 그것을 이루기 위해 대학교를 진학했고 선거에 나갔고 청와대에 들어왔다. 자신이 꿈꾸는 것을 이루기 위해 모든 것을 바칠 준비가 되어 있다. 그런 일을 하는 이유는 그것이 자기가 생각한 가장 멋진 일이기 때문이다.

'때는 곧 온다.'

정훈은 오전 10시에 있는 국무회의에 참석하러 간다. 가는 길에 만난 여공무원과 담소를 나눈다. 커피 한잔을 마시며 이야기를 했다. 대화 주제는 어제 TV에서 한 로봇인간에 대한 이야기다. 현대사회에 사람은 어떻게 살아야 하나란 물음에 대해 본능에 충실한 삶을 살아야 한다는 것을 주장하는 드라마이다.

정훈은 물었다.

"네 맞아요. TV를 보면 아직 자신을 잃지 않은 음악가, 배우들이 스타가 되고 대중의 사랑을 받게 되는 것 같아요."
"그치. 자연의 순수함을 잘 지킨 사람은 그게 개성이 되니까."
"그건 그렇고 거기에 나온 여배우 너무 이쁘지 않아요? 여자가 봐도 반하겠어."
"아 전서은 예쁘지. 나 팬카페도 가입했는데, 후훗 슈퍼스타라고."
"제가 소개시켜 줄까요?"

정훈은 당황함 반과 기대감 반으로 얘기한다.

"뭐? 다시 말해 줄래?"
"제가 연예인을 좀 많이 아는데 전서은도 알아요. 전서은을 많이 좋아하시는 것 같으니깐 소개시켜 줄께요."

"뭐 고마워서 손이 다 떨린다. 그래 언제 어디서 만나지?"

"그건 차차 정하기로 하고요. 나중에 봐요."

"고맙다 내가 잘되면 거하게 한 턱 낼게."

전쟁

전쟁이 왜 일어나는지 아무도 모른다. 몇 사람만은 안다. 다 이유를 속인다. 자기의 이유를 속이고 전쟁에 참전시킨다.

어떻게 이기는지는 가르쳐준다. 모두 이기기 위해 별 짓을 다 한다. 모든 기술이 그때쯤 진일보한다.

일본은 제국주의적 야망으로 2차 세계대전을 일으켰다. 일본 전쟁은 모두 일본인들이 했다. 왜 전쟁을 했는지 물어보면 다른 나라의 팽창을 막기 위해서 또는 일본의 바른 앞날을 위해서라고 대답한다.

우리는 그런 말을 따르는 군인들에 의해 식민지배를 받게 된다. 식민 기간 내내 우리의 국민은 다 죽게 된다. 이렇게 나쁜 치욕은 없었다. 세계화의 결과 어쩔 수 없다는 의견도 있다.

일본의 도발로 한국과 일본의 전쟁이 일어났다. 일본과의 싸움이 일어났다. 이유는 일본의 제국주의적 야망 때문이었다. 군비를 확충하고 군사가 많아지자 다시 옛날의 고질병이 터진 것이었다.

일본의 전쟁으로 일본 군사 30만이 쳐들어오게 되었다. 자위대는 한국보다 해상전에 능했다. 하지만 육군에서는 한국이 앞선 전력을 가지고 있었다. 싸움은 격렬하게 일어날 듯했다.

두 군대의 싸움은 해상전에서 한번, 육지에서 한번의 커다란 싸움이 예고되었다.

노르망디 상륙작전, 인천상륙작전처럼 상륙작전의 싸움이 일어나는 것은 당연시되었다. 그렇다면 남은 것은 어디를 확충하고 어떤 빠른 군사적인 이동이 일어날까 하는 것이었다.

전쟁은 일본군의 침략으로 시작되었고 국경에서 일본의 자위대 해군과 우리나라 해군의 싸움으로 시작되었다. 그 싸움은 계속되었고 결과는 한국의 대승이었다. 쳐들어오는 해군마다 모두 섬멸되었고 육지에 가까스로 도착하여도 육군에 의해 철저히 파괴되었다.

재아는 그 전쟁 중에 해병대로 참전했다.

"야, 빨리 포 장전하고 제 위치에서 물러나지 않는다."

전투가 시작되기 직전이었다.

"전자총 너희가 제일 중요해. 혹시 모를 사태에 대비해서…"

"쾅"

일본군의 포격이 시작되었다.

"야 포격 개시. 포격병 빨리 궤도 구해내."

"예, 소위님."

계속해서 발포가 시작되었다.

곳곳에서 신음이 일어났다.

"아 진짜 미친 아퍼, 저 파리같은 새끼들 날려버리자."

성진은 무서워서 총을 쏘지 못하고 있었다. 성진은 벌벌 떨며 위를 쳐다보지 못했다. 밑만 보며 벌벌 떨며 총을 쏘는 시늉도 하지 못했다.

"야 나한테 죽을래 빨리 쏠래."

재아는 성진을 일으킨 후 계속 발포명령을 하였다.

"전자총 사격 개시."

전자총의 엄청난 화력으로 일본 군인들이 죽어나갔다. 포의 화력역시 해병대의 화력이 앞서 있었다. 포격이 몇 차례 성공했고 그것을 맞은 일본 군인들은 물러가기 시작했다. 1대1 싸움에서 이긴 것이었다.

그 싸움 이후 몇 차례의 소규모 전투가 있었고 그 싸움을 이긴 후, 두 달이 있다가 승전보를 울리게 되었다.

승전보 그것은 하나의 대담함. 어떻게든 살아남으려는 생존의 전략이었다. 100여 차례 발생한 싸움은 다 모두 우리나라의 승리 광고가 되어 버렸다. 살아남은 사람은 영웅이, 전사한 사람도 영웅이 되었다.

어떻게 하면 이길 것인가를 연구한 사령부도 어떻게 하면 살아남을까를 연구한 병장도 모두 승리에 들떠 기뻐하였다. 언론은 항상 기쁜 나머지 영웅 한 명 한 명을 다 조명할 정도였다. 모든 싸움이 영웅 소설이 되어 버렸다.

그 중에서는 이런 싸움도 있었다. 탱크를 밀고 오자 수류탄을 탱크 입구에 장착시켜 탱크를 모두 없애 버린 백호부대는 영웅소설이 되어 있었다. 그 수류탄을 한 대라도 맞은 전차는 전투성이 없어지곤 했다. 전차 밖으로는 안 나오는 탱크의 약점을 간파한 승리였다.

또 이런 싸움도 있었다. 전투기를 사용하여 계속해서 침략을 한 일본을 이기기 위해 함수를 이용해서 저격한 물리학도들의 이야기다. 모든 거리를 계산해서 암기하고 있는 그들은 타겟이 수치에 도달하면 발사를 눌러 그들을 저격해서 쓰러트렸다. 2차함수로 떨어지는 로켓의 수치를 모두 외워야만 하는 미사일의 원리를 모두 익힌 자들이었다.

폭격을 조금은 받은 서울은 건물이 쓰러진 자리에 다시 재건하려는 기업들의 노력이 빛을 발하고 있었다. 아파트가 20층이 넘는데 무너졌다는 것을 모두 알고 있었다. 미사일이 발사되었다는 것을 안 주민들은 방공호에 들어가거나 체육관에 머물며 두려움을 피해 갔다.

그 결과 대부분 피해는 없었고 조금 파괴된 서울은 활기를 되찾아 갔고 으쌰으쌰 하는 마음으로 서울은 본모습을 회복해 나갔다.

50살

중견기업의 사장이 되었다.

"이대리 이 업무가 이게 뭐야."
"예 사장님. 시정하겠습니다."
"집에 가면 아내를 볼 면목이 없어요. 일의 진도가 안 나가서!"
"예 사장님."

재아는 집에 왔다.

"여보 일이 잘 안 돼?"
"부장2팀이 돌아가지가 않아."
"우리 아들 보고 힘내서 해. 학교에서 회장 돼서 왔어."
"장하네."

회장만이 타는 자동차를 끌고 회사로 나간다. axdio 자동차로 최신 연식을 큰맘 먹고 뽑았다. 기름 값은 많이 들지만 압도적인 마력과 스피드, 주행능력으로 너무 차를 좋아하였다.

"안녕하십니까, 회장님."
"그래요."

회장실은 2층으로 된 세련된 오피스였다. 천장이 높아야 창의성이 높다는 연구를 보고 지었다. 그런 곳에서 열심히 일을 했다. 일을 하며 하루하루 커리어를 쌓아 갔다. 그렇게 재아의 커리어는 멋있었고 화려했다.

회장의 라이벌은 P회사의 회장이었다. 둘은 계속해서 서로를 견제하였고 결국 둘은 사업에서 맞붙게 되었다. 두 사람이 맞붙은 사업은 동서울터미널 인테리어 공사였다. 두 회사의 경쟁에서 누가 이기느냐가 두 회사의 성패를 가늠하게 했다.

재아가 팀원들을 모아 말을 했다.

"이번 건이 얼마나 어렵고 구체적으로 접근해야 하는지 모르면 안 돼. 같이 해결할 과제가 끝이 없어. 같이 해낼 때까지 휴식은 없는 거야."

이부장은 이번 사업 건을 제시한 스마트한 부장이었다. 이부장은 끼어들었다.

"이번 사업 건만 있으면 다 승진이 돼. 난 이사가 되려나. 너희 모두 한 단계 특진이야. 모두 최선을 다하자. 휴식은 없는 거야."
"그래 이부장 좋은 말이야."

재아는 계속해서 말했다.

"어떻게 하면 되겠어. 어떻게든 좋은 아이디어가 떠올라야 돼."

"좋은 공부 되면 좋겠어. 이런 생각이 아니야. 이번에 모두 최선을 다해 이 일을 따내야 돼."

손대리는 이렇게 말했다.

"이거 우리가 이겨요, P회사 인력이 우리 4분의 1이에요. 우리가 이길 수밖에 없어요. 조건은…"
"우리가 모두 제 몫을 해낸다면."
"정답."
"모두 모여 파이팅하자."
"파이팅."

두 회사는 인테리어 공사 건에 대해 전혀 다른 시각을 가지고 있었다. P회사는 세련되고 화려한 디자인으로 접근하려고 했다. 고급인력을 내세워 이겨 버리려는 전략이었다. 그에 반해 재아의 회사는 실용적인 디자인을 택했다.

재아의 회사 직원들은 대기업에 들어가지 못한 사람들이었다. 모두 어릴 때부터 아르바이트를 하며 자신의 용돈벌이를 하며 산 사람들이었다. 그들에게 있어서 동대문공원은 삶의 현장이었다. 오직 조금이라도 더 쓰일 수 있게 그들의 모토를 만드는 게 목표였다.

재아는 더 많은 것을 원했다. 실용성에 뒤따를 수 있는 중요한 기능을 원하였다. 누구에게나 만족할 수 있는 그런 일터를 만들어 주고자 했다.

"바탕은 빨강. 가구는 하얀색. 모두가 쉽게 일할 수 있게."

"네 사장님."

"도구는 보라색. 눈에 띄어 실수하지 않게."

"네 사장님."

"더 필요한건 없습니까? 사장님."

손대리가 물어봤다. 직원 모두 전쟁에도 참여한 영웅 사장님을 다 모시었다. 가끔 전쟁을 갔다 온 영웅 얘기를 하면 끼는 직원이 있었다. 그 사람은 손대리로 폭탄이 터지는 전쟁터에서 살아 온 전사였다.

"벽지는 무늬가 없게. 하지만 단조롭지 않게 다양한 붉은 계통으로."

"네 사장님."

"어떻게 하면 조금 더 프로그래믹하게 될까요?"

"붉은 계통을 규칙성 있게."

"브라운 계열도 써야겠어요."

"그건 알아서 하고."

재아가 말했다.

P회사의 규율은 엄격했다. P회사는 대기업으로 부장급으로 일을 맡겼다. 부장은 이 건을 맡은 뒤 화려함에 치중했다.

부장은 말했다.

"우리 건 이거 맡느라 힘들었습니다. 어떻게든 성사시킵니다. 이 건은 디자이너 손현주에게 맡깁니다. 디자이너가 하는 대로 밀고 나갑니다. 토는 달지 않습니다. 알겠습니까?"

장대리가 말한다.

"화려함으로 밀고 가는 겁니까?"

부장은 말했다.

"대기업의 면모를 보여 줍니다. 화려하게 치장합니다."
"손현주 디자이너와의 계약은 어떻게 하죠?"

장대리가 물었다.

"돈 되는 대로 해 와."

부장이 계속 쏘아붙였다.

"계약비 부르는 대로 해 버려."

장대리가 물었다.

"그럼 억대 계약이 될 수도 있는데요?"
"떨어지면요."

대기업에는 머리 좋은 사람은 많다.

"떨어지면 억대 계약은 무르는 계약을 해."
"예 부장님."

장대리는 부장과의 대화 끝에 손디자이너와 이야기를 하러 갔다. 팀원들의 호흡이 맞지 않았다. 서로의 잘난 것만 믿고 협력은 떨어졌다. 손디자이너와의 계약도 안 맞았다. 억지로 연봉 조정협상을 한 후 겨우 체결했다. 계약금은 예상보다 2배나 높았다.

"우리는 황금색으로 도배할 겁니다. 은색 휘장이 빛나게. 보석류를 많이 사용해서. 알겠죠?"
"그럼 돈이 얼마나 많이 드는지 압니까?"
장대리는 물었다.

"동대문 사업이 성공만 하면 수백 배로 벌 수 있는데 그게 무슨 문제입니까? 제 건물은 다 화려함을 추구합니다."
"이거 재아 비즈니스에 지는 거 아닙니까?"
"우리는 좀 더 화려해야 된단 말이야!"

장대리는 회사에 취업했다. 어린 시절부터 공부를 좋아했다. 늘 열심히 살았고 최우등 졸업을 할 정도의 인물이었다. 그는 항상 되물었다. 이거 우리 회사가 잘 가고 있는가를 말이다. 하지만 너무 바른말을 해서 회사의 높은 사람들에게 눈초리를 맞고 있는 그런 인물이었다. 장대리는 이번 일을 위해 재아 비즈니스에 가서 기초정보를 읽고 왔다. 이것은 어떻게 해 볼 만은 하다는 생각은 했지만 원가에서 경쟁이 밀리는 게 뚜렷했다.

어떻게든 원가를 낮추려는 시도는 실패했다. 대기업에 맞지 않는다는 이유였다. 장대리는 오히려 역발상을 할 수밖에 없었다. 더 화려하고 좋은 것을 만들자는 생각이었다.

장대리는 수차례의 시도를 하여 디자인을 하였고 그중 가장 좋다는 디자인을 다시 디자이너와 의논 끝에 가장 좋고 비싼 디자인을 채택한다.

'내가 이길 거야. 난 진 적이 없으니.'

장대리는 이런 다짐을 하며 디자인을 했다.

한편 재아네 팀은 손대리가 실무를 처리했다. 실무는 대부분 어떤 원자재를 쓰느냐였다. 회사의 방침대로 했다. 회사의 방침은 더 실용적이고 좋은 원자재를 쓰는 것이었다. user friendly라는 것대로 물건을 만들어 갔다.

손대리는 전문적인 재료역학을 공부했다. 더 좋은 재료를 선택하기 위해서였다.

'강도는 세고 마모성은 약한 걸로'

손수 재료시장에 나가서 가장 적합한 재료를 택했다. 가장 좋은 재료를 고른 후 그제서야 만족하는 웃음을 지었다. 자기가 봐도 잘될 것 같아서였다.

이제는 시합결선이다.

재아는 결전날이 돼서 제일 많이 입은 양복을 입고 머리를 빗었다. 많이 입은 양복을 고른 후 매우 싼 헤어젤로 머리를 바른 후 결선 장소로 떠났다.

아나운서가 말했다.

"두 회사는 디자인 원고를 제출해주시고 원안을 발표해주시기 바랍니다."

계속해서 아나운서가 말했다.

"P회사 먼저 발표해주시기 바랍니다. 모두 자리에 앉은 후 시작하겠습니다."

구경꾼들이 제법 모였고 발표를 시작했다.

"저희 P회사는 최고로 좋은 최고의 디자인을 선보일 예정입니다. 모두 우러러볼 수 있는 그런 디자인과 원자재로 어떤 다른 것보다 경쟁력이 있습니다. 저희 회사…"

계속해서 자기 제품 PR이 있었다.

"다음 재아 비즈니스팀 발표 바랍니다."
"네 저희가 준비한 게 있습니다."
"연암 박지원 선생님을 아십니까? 그분의 정신은 우리가 조금이라도 잘살 수 있게, 어떻게든 훌륭한 나라를 만들기 위해서였습니다."

손대리가 발표를 계속한다.

"저희는 박지원 선생님의 정신을 따랐습니다. 제일 실용적인 것만이 동대문의 새벽 3시에 출근하는 사람들의 힘이 될 수 있다고 생각했기 때문에, 그들이 동대문을 움직이는 사람들이기 때문에 그들만을 위한 가구와 디자인을 만들었습니다. 새벽 3시에 일을 나와야 한다면 몇 시에 일어나야 하는지 아십니까? 새벽 1시입니다. 저희는 그런 사람들의 마음을 조금이라도 고려하려고 하였습니다. 그 가장 힘든 새벽 조금이라도 도움이 되는 디자인 그런 것을 만들려고 모두 최선을 다했습니다. 이것을 한번만 잘 봐 주시기 바랍니다."

심사위원은 흐뭇한 표정을 지었다. 동대문상가를 잘 아는, 다시 말하면 아르바이트를 한번이라도 해본 사람들의 경험이 들어갔기 때문에 말할 수 있는 발표였다.

재아는 PR에서 승리했고 모두 승리감에 들떴다. 모두 좋아하며 각자 승리를 외쳤다. 모두 한 직위 승진을 하였고 즐거운 날을 보내게 되었다.

70살

좋은 노후를 보내고 있다.

"여보 우리 삶 어땠어?"
"난 뭐 우리 좋았지 뭐."
"여보는?"
"괜찮았어 이 정도면."
"그려."

80살

햇살이 창을 넘어 산을 넘는다.

남편이 눈을 감는다.

85살

어둡다. 하지만 해는 내일 뜬다.
수영의 슬픈 삶은 계속되었다.
어디 계실까라는 생각을 계속 한다.

"또 아빠 생각해?"
"너 이번 월세 내가 내 줄게."

왼쪽의 사랑

사랑의 왼편

오른손으로만 글을 쓰다가
왼손을 바라본다
언제나 함께 있지만
가만히 무너지는
같이 손을 잡아
같이 가는 것은
계속 오른손만 쓰는
우리에게 불가능일까

사랑은 왼손에 있는 것이 아닐까

사람이 되어

사람이 되어 보자 사랑받는 사람이 사람 아닌가
달려 보자 저 높이 뛰자 더 멀리
어서 같이 한번만 달려 보자
같이 빛나간 시간이 너무 많아서
같이 한번만 달려 보자. 사랑 되어 사람되어

눈 덮인 들판

철로 속에 지나간
검정색 동굴
하얀색 설판을 지우네

속없이 하얀 들판 아래
숨 쉬는 농민의 양식

그곳을 쌩쌩 지나
눈이 휘날리는 곳으로

먼 기찻발 아래
눈이 씽씽 휘날리는 곳으로

하늘과 바다를 안을 수 있는
눈이 얼어붙는 곳으로

달려가자

산에 오르는

산에 오르는
심장이 무너지듯 생산되는
더 이상 와르륵 무너지는
마음도 무너지지 않게
마음이 무너져 버리지 않게
다시 하나하나 쌓으며
돌계단을 흙계단을 하나씩 오른다
다시는 무너지지 않게
갑자기 무너지는 것을 알아
견뎌내어야 한다

믿음

서로를 믿는 건
믿어야 해서

서로의 얼굴을 떠올려
끝까지 같이 가야 해

그렇지 못하면
믿을 신으로 다스리는 왕처럼

서로를 떠올리며 믿는 것뿐

로맨틱의 반대

178키 잘생긴 얼굴 고른 치아 좋은 매너
모두가 말하는 연애의 조건
사랑할 수 있다면
다 반대여도 우린 영원히 함께

사랑의 반사

후광을 받아 사랑하는 연인들
전염이 있어 매일 만나고
덜 떨어지게 혼자
사랑을 찾아 헤매인다.
사랑뿐임을 알아 살아가는
한 사랑아
사랑한다 말하는 날만 사랑아 내 사랑아

연애 가사

사랑인 연애 가사보다는
진심이 담긴 편지 한 장이 좋아
연애감성을 넣어
진심을 보여 주는
노래를 하나 부르는
것도
편지 하나 적어 보내는
것도
연애 가사를 달달히 씹으면
그게 좋은 거

설탕의 달콤함

설탕보다 달아
계속 씹는
껌같이
끝까지
설탕 없이도
사랑하기를

바다

바다를 보며
커피 한잔 하며
사진 한 장의
내가 된다
사진이 남아
나의 책상이 되고
뛰어넘는 포즈를 취해
나의 바다가 다시 된다

상처

상처가 베여서 생겨
그것을 치료하는 데는 1달
아픈 마음이 배여
그것을 치료하는 것은
끝없는 되돌림뿐
베인 채로 마음을
그저 마음이 조금이라도 나아지게
당신께 고백할 뿐입니다

고백

사랑합니다. 제가 많은 일이 있었고 다
당신을 좋게 생각합니다
라고 좋은 남자인 양 말하는 것보다
눈을 보고 큰 소리로 현실로 말합니다

당신을 사랑합니다
헤어진 마음에 당신을 사랑합니다

눈길

하나의 눈길로 나버린 곳으로
두 명의 눈길을 준다
달려야 할 길이기에
다시 한번 눈길을 준다

달려가는 눈길보다
옆에 있는 아름다움이
더 좋을 터이니

끝까지 달려
사랑한다 말하기를

꿈

어두운 꿈에는
나타날 수 없는
계속 나오는
싸움과 절망

절망을 넘어 꾼 꿈에는
오직 슬픔밖에

헤아릴 수도 가늠할 수도

마음 닿는 대로 가 본다
어디로 가는 건지도 모르고 걷는다
헬 수도 가늠할 수도 없이
그냥 걷는다
걸어서 걸어서 닿은 곳은
네가 없는 동네뿐
남은 것은 짝 없는 사랑

선율

되살펴 날려
날리어 보낸 선율은
다시 나의 바람이 되어
선율 하나하나 모두
날개가 되어 훠이훠이
되살려 훠이훠이 날아가다

로맨스의 반대

젊은 나이
젊은 상대
말이 없는
그들을 보며

사탕발린
맛이 없는
대화도 없는

그러나
진실히 사랑할
아끼는
자기보다 아끼는
꿈을 먹고 자란
진짜 사랑

로맨틱의 반대

기상.

잠만 자고 일어난다. 아침부터 8시간 동안 잠을 자고 있다. 저녁 8시부터 오후 4시까지 잠을 잔다. 아무 일도 없다. 그저 잠만 잔다. 잠만 자고 잠만 자고 일어나고 잠만 잔다. 잠을 너무 많이 자도 계속 잔다.

꿈은 더 무섭다. 귀신이 나오고, 도깨비에 총각귀신에 침대에서 한바탕 전쟁을 벌인다. 가끔은 일어나 기지개를 펴고 일상으로 돌아가고 싶다. 깊은 어딘가에서 나오는 잃어버린 슬픔과 잃어버린 희망은 없어진 지 오래다. 하지만 그것을 다시 찾는 날에는 길고 긴 심연 같은 바람이 나온다.

바람을 계속 타자. 우리는 바람을 쫓을 법한데 그저 모든 희망이 없어진 지 오래다. 그저 침대에 누워 침전할 뿐이다.

침전 중의 침전은 바로 꿈이다. 다시 살아가던 꿈이다. 파괴와 깨짐에 의해 없어진 원래의 삶이다. 계속 살았더라면 어떻게 됐을까에 관한 꿈이다. 다시 나아가는 것을 언제나 꿈을 꾼다. 꿈에서만이다. 원래의 삶은 꿈에 있다.

사람들의 바람이 모두 미래에 있었다. 미래는 없어진 지 오래다. 미래를 모두 쓸어 모아 하나의 쓰레기만 되었다. 쓰레기를 모아 하나를 만들어 버린 피조형물들의 집합인 미술관 전시회.

자신은 떨어지기만 한다. 자신은 떨어지고 떨어지고 떨어지고 떨어진다. 떨어지는 사람들은 보기에는 한 명도 없다. 자신만 떨어진다. 사람들은 다시 올라가는 것조차 패배로 본다. 그러나 떨어진 후 다시 올라간 후 원래로 돌아가는 것조차 안 된다. 그저 떨어지는 것밖에는 없다.

사랑을 찾아보았다. 거기에는 많은 기다림 행복 슬픔 만남이 있었다. 그러나 그런 것을 잃은 하나의 슬픈 사랑만 남았다. 겨우 그것뿐이다.

직업은 모델

일어난다 4시 반에.

오후 4시에 일어났네.
이제 뭐 하지.

다시 일어나려다가 만다. 누워 버린다. 다시 잔다. 한번 더 잔다.

꿈이 너무 무섭다. 무서움 그 자체이다. 밤의 꿈이 벌에 쏘인 상처만큼 아프다. 무섭게 쏘아붙인 꿈이 너무나 상처고 아프다.

다시 일어난다. 휴 한번 잤는데 2시간이 넘어 버렸네.

6시다.

모델이 되기 위해 최선을 다하지도 않았다. 그저 생겨먹었다. 더 좋은 것을 보고 더 많은 것을 읽고 더 많은 새로운 것들을 해보려고 했다, 처음에는. 그러나 아무것도 없었다.

아무것도 없이 그냥 모델이 되었다. 패션쇼장에 걸어다니는 모델들은 그저 한 오라기 희망일 뿐이다.

달려간다. 일어나자마자 달리러 간다.

한강을 달리러 간다. 오르막 내리막을 지나 한강에 도달하면 춥다. 추운 날씨를 견디고 계속 뛴다. 오로지 뛴다. 밥을 먹지도 않았고 그저 흰색 도화지 위에 춤을 추듯 뛴다. 아무리 뛰어도 무너진다. 자신의 마음은 무너진다. 이게 아닌데.

계속 뛴다. 20㎞를 계속 뛰어 자신의 집을 향해 뛴다. 비둘기와 까치밖에 없다. 계속 뛰어가는 모양은 예술이다.

계속 뛰어 들어간 곳은 카페, 카페에 앉는다. 땀이 식었다. 겨울이다. 아무도 옆에 안 오는 건 아닌데 계속 누가 쳐다본다.

뛰어가는 놈은 너밖에 없다.

거기서 위안이 아닌 쓰라림을 얻는다. 잊어버린 것은 무엇일까 미래만 잊어버린 것은 아닌데.

우리 모두 잊어버렸다. 잊어버린 것은 최대한 많은 것이다. 전부 다 잊어버린 것이다. 하나씩 커 가면서.

어릴 때의 미래를 쫓지 못한다. 꿈은 커지다 작아진다. 그 꿈을 그래프로 그려 본다. 아예 자신의 현재 상황에서 0이 되어 버린다. 꿈을 크게 꾸었으므로 없어지는 건 아니다. 꿈이 계속 커지지 못한 상실된 자아이다.

커피를 마신다. 아메리카노를 마신다. 설탕이 없다. 상실감만 있다. 그게 더 좋은 이유도 없다, 그저 싸니까이다.

술을 한잔 퍼마시듯 아메리카노를 한 모금 마신다. 사람들이 알아 보면 사진을 찍는다. 사진을 찍는다.

흰색 설탕과 시럽을 마음껏 넣는다. 그래도 맛이 없기는 마찬가지 이다. 아무것도 없는데 모델이 되었다. 모델은 상관이 없다. 그냥 이름만 모델이다. 유명하긴 하다. 그저 그것이 이유다.

사람은 아무것도 사랑하지 않는다. 자신이 내린 결론이다. 사랑밖에 없었다가 무너진 자신이 그저 슬프다. 사랑 하나를 얻기 위해 싸워 온 21년이다. 그 슬픈 사랑이 그를 더욱 슬프게 한다.

여자

한 여성이 있다. 그저 너무 슬픈 여성이다. 뛰어난 미모의 여성이다. 그녀는 모든 것을 다 잃었다. 단련하던 무술도 뛰어난 총술도 모두 다 잃었다. 체육생도보다 예뻤다. S라인이다. 그저 모든 것을 얻을 줄 알았는데.

아침을 먹는다. 초라하게 아침을 먹는다. 가족도 전부 다 죽었다. 이미 자신에게 남은 것은 없다. 기지개를 켠다. TV를 본다. TV를 보며 병신이 된 듯하다. 전부 다 재미를 잃었다.

뛰려고 한강에 간다. 한강에서 그녀는 가끔 40㎞를 달린 후 무너진다. 무너진다. 더 좋은 것은 없다. 40㎞를 뛰는 것보다 더 좋은 것은 없다. 그냥 달려간 후 무너진다. 과거를 다 잃었다. 자신이 하고자 했던 과거를 다 잃었다.

자신의 모든 가족이 다 죽었다. 생각나는 것은 그저 무참했던 시련 뿐이다. 걸어가며 운다. 울면서 달리기를 계속한다.

10㎞를 뛴다. 다리에 쥐가 난다. 다리에 쥐가 나도 계속 뛴다. 계속 뛰며 슬픔과 행복을 느낀다. 잃은 것은 과거의 전부이다. 모든 가족이 죽었다. 사람이 사람을 죽이고 살리고를 계속한다. 역사책을 본다.

자신은 자신을 못 믿는다. 모든 것을 잃었다. 과거를 잃었다. 뛰어간다. 다쳐도 아무것도 아니다. 더 아프다. 쥐가 난 것보다 더 아프다. 정신을 모두 잃었다.

나아가는 사람들이 처다본다. 예쁘장하게 생겨서 울면서 달려간다. 달려가는 길은 멀기만 하다. 잃어버린 슬픔이 너무나도 크다. 잃어도 아무리 잃어도 얻는 것은 없었다. 계속 다 잃었다.

가족이 한 명 한 명 죽자 장례가 되었다. 장례를 전부 다 알아 버렸다. 49재며 59재며 다 외워 버렸다. 아픔은 계속 온다. 모든 것을 잃었다. 자신의 전부를 잃었다.

달려가는 사람들을 보며 다시 일어서려고 한다. 잃음이 많고 울음이 많은 하찮은 여자다. 얼굴이 예쁘다. 그저 남자친구가 좋을 뿐이다. 다 잃어버린 후에야 남자친구가 슬펐다. 이젠 슬픔이 오직 남자친구가 아니라 가족이다. 전부 다 잃어버렸다. 잃은 후에야 할 수 있는 건 오직 달리기뿐이었다. 달려가며 슬프게 운다.

슬픈 정신이 남아 몸은 점점 더 비쩍 마른다. TV를 켜서 TV를 본다. 울면서 본다. 자신을 닮은 연예인을 본다.

그 사람은 얼마나 얻은 게 많을까.

많은 사람들이 보는 연예인, 그 여자가 자신이다. 자신은 배우이다. 배우는 너무나 예쁘고 사랑스럽다. 그것은 자신이다.

달리기를 한다. 달리기를 하며 지나친다. 달리기를 하며 서로를 지나친다. 서로가 서로를 모른다. 달리기를 한강 너머로 뛰며 지나간다.

오직 상한 마음밖에는 없다. 상해 버린 마음밖에는 없다. 그저 슬픈 사랑이 아닌 망해 버린 사랑이 있을 뿐이다. 더 달려가자, 더 달려가면 언젠가는 닿을 수 있겠지.

남자와 여자는 서로 달려간 후 지나친다. 서로가 서로를 잊었다. 계속해서 반대로 달린다. 지나간 후 서로를 모른다. 달려간다. 모든 것을 잊은 채 달려간다. 반대로 계속해서 뛴다.

서로의 자리가 자리가 되어 같이 있는 커플들이 한강에 많다. 그들을 부러워한다. 그러나 닿지 않는다. 그 자리가 닿지 않는다.

한강을 너무 많이 보았다. 서초구를 뛰어가며 거의 다 왔다. 집에 도착한다. 집은 흐릿하다. 안개가 낀 듯이 흐릿한 집에 들어왔다. 집은 휴식터이며 흐릿하다. 차고 찬 많은 장치들이 있다. 다 이미 의미를 잃은 것이다.

의미 잃은 채 TV를 켠다. TV를 켠 후 아무 의미 없이 본다. 모두가 적이다. TV를 보며 배우들을 본다. 그저 멍하게 쳐다본다. 너무 화려하다.

그 화려함은 자신과 아무 상관이 없다. 그저 쳐다볼 뿐이다. 쳐다보며 웃고 울고 사랑하며 노는 저들을 쳐다본다. 어떤 상관도 없다.

그저 먼 나라 이야기뿐이다. 체육 시간에도 본 적이 없는 예쁜 운동 선수도 본 적이 없다.

여자는 다시 일어난다. 아프지만 카페에 간다. 카페의 속삭임이 들린다. 속삭이며 사랑하는 사람들이 제일 속 썩인다. 그러나 아메리카노를 마신다. 아메리카노에 든 카페인이 맛있다. 카페인을 마시며 혼자 사진을 찍는다.

혼자 운다.

이름조차 지을 수 없는 슬픔

남자는 슬프다. 자신의 슬픔에 이름을 지을 수 없다. 전부 다 모두 다 그렇다고 한다. 그러나 계속 앉아서 자신의 잃음을 분석하고 고친다. 외양간에 혼자 있다. 고치며 고친다. 그러다 잠이 든다. 잠 속에서 또 없어진 슬픔을 본다. 슬픔 하나가 없어진다.

잠 속에서 슬픈 마음이 없어진다. 슬픈 사람이 생기면 슬픔 하나가 들어온다. 그런 슬픔이 계속 생긴다.

그의 슬픔은 이름조차 지을 수 없다. 그런 슬픈 마음이 너무 아프다. 계속 그는 일어나고 휴대폰 알람을 끈다. 그렇게 8시간을 더 잔다. 아침 9시에 깨어야 하는데 저녁 4시에 일어난다. 일어난 후 다시 시계를 본다.

시계를 본 후 다 뛰어간다. 통영으로 자전거를 타고 간다. 버스기사에게 욕을 먹지는 않아도 귀찮아한다. 시계를 본 후 다시 일어난다. 자전거를 타고 통영에 도착해 바다로 간다. 바다를 보며 자전거를 탄다. 자전거를 탄 후 기사식당에 들어간다. 4,000원짜리 밥을 먹고 버스터미널로 간다. 버스터미널에 앉아 카스테라를 먹는다.

저녁노을 속에 집에 온다. 들어와서 모델 사진을 넣어 방송국에 보낸다. 멋있게 나온다. 괜찮은 사진을 마음에 들어 한다. 상실감이 아닌 보통의 감이다.

여자는 TV를 본다. 모델이 자전거를 타러 다닌다. TV를 보고 강으로 간다. 카페에 앉아서 하늘을 본다.

여자는 일어난다. 카페에서 일어나 촬영장으로 간다. 촬영장에서 드라마 조연을 한다. 조연을 한 후 웃는다. 그냥 웃어야 한다.

촬영장

　남자는 12시에 일어난다. 쭈뼛쭈뼛 옷을 입는다. 일어나서 머리를 감고 화장을 살랑살랑 한다. 거울로 가서 자신을 본 후 별 희망도 없이 집을 나선다.

　희망이 없는 촬영장에서 잘 나가는 모델들 사이에서 보통의 사진을 찍는다. 탑모델들은 눈을 맞추지도 않는다. 그저 촬영만 한 후 집에 온다.

　배우도 있다. 촬영장에는 배우도 있었다. 여배우가 있다. 드라마를 찍는다. 조연일 뿐이다. 최선을 다하지도 않는다. 그냥 사진을 찍는다.

　사람과 사람이 지나간다. 집으로 온다. 집에서 샤워를 하며 이제 잔다. 꿈 속으로 빠지려고 한다. 자신의 꿈이 아니다. 꿈을 꾼다.

희망의 끈

희망의 끈을 부여잡고 동아줄인 양 매달려 있다. 계속 올라가면 나올 수 있는 건 없다. 그래도 희망의 끈을 계속 올라간다.

위로 가는 게 아닌 사람과 사람이 이어지는 게 희망의 끈.

희망의 끈을 잡고 사랑에게로 간다.

사랑을 붙잡고 한번 말해 보는 것. 그것이 희망의 끈이다.

희망의 끈을 잡고

여기부터 300발자국을 걸어야 나온다.

한강에서 300발자국을 뛴다.

이 시간 여기에서 항상 오는데

오지 않는다.

여자는 다시 반대로 뛴다.

1,000발자국을 반대로 뛰면 만나는데

뒤로 뛴다.

거리는 좁혀지지 않는다.

회복

사랑을 얻으러 가는 것만이 회복

회복을 위해 다시 1,000걸음을 더 뛴다.

여자는 다시 1,000걸음을 뒤로 더 뛴다.

날이 어두워졌다. 더 이상 뛸 곳이 없다.

집으로 돌아와 샤워를 한다. 드라마를 본다. 곧 잠든다. 또 꿈을 꾼다. 악몽을 꾼다.

달리기를 멈춘다. 다시 한번 모든 인생을 걸고 말한다.

"저희…"

더 이상 말을 못 한다.

"왜?"

용기를 낸다.

"사랑 다시 한번 해 봐요."
"네?"
"사랑 다시 한번 해 봐요."

그리움 속에만 산 내가 너를…

"그랬어요?"
"당신을 사랑했어요 꼭 기다렸어요."
"네?"
"사랑하지만 이제 그만 들어오세요 저의 마음에."

여자가 말한다.

"그래도 사랑합니다."
"그래도 사랑합니다."

다시 말한다.

"그래도 사랑합니다."

만남과 헤어짐

만남을 얻을 수 있었다. 만남은 헤어짐을 부르고, 헤어짐만은 계속 미래에 남는다. 만남과 헤어짐 2지 선다이다. 하나만을 골라야 한다. 그게 다다.

계속 잠을 잔다. 꿈자리가 좋다. 만남이 있었기에 꿈자리가 좋다. 잊을 수 없다면 그저 바라는 것이다. 바라고 바라고 바라면 얻어질 수도 있으니깐 말이다.

다시 한번

여자는 말이 없다. 계속 허공을 본다. 뛰어 도달한 남자가 있다. 남자가 있어 가족이 있다.

여자는 다시 밖을 나간다.

남자도 다시 밖을 나간다.

남자는 다시 그 길을 뛴다. 뛰어 빨리 뛴다. 시속 8㎞의 속도로 뛴다. 다시 뛴다.

남자는 다시 그 길을 뛴다. 모든 풍경이 똑같다. 힘은 이미 다 썼다. 계속해서 뛴다.

여자는 다시 그 길을 뛴다. 모든 풍경이 똑같다. 다시 한번 뛴다.

도달했다. 다시 서로를 마주본다.

10년이 지났다.

서로를 보며 웃는다.

가로등이 밝다. 날이 어둡지만 가로등이 밝다.

만남

둘은 같이 있는다. 웃음을 짓는다. 여자도 웃음을 짓는다. 커피를 마신다. 여자도 커피를 마신다. 시그니처 초콜릿을 마신다. 여자는 아메리카노 커피를 마신다.

둘은 쳐다본다. 쳐다보면 웃음이 난다. 웃음 후에도 웃음이 없어지지 않는다. 말을 하지 않는다.

서로를 바라보며 길을 걷는다. 시내를 걷는다. 걸으며 이화동을 본다. 서로의 믿음으로 걷는다. 뛴다. 가슴이 뛰어 행복하다. 계속 나아갈 뿐이다.

아픔은 아직도 아프다. 그러나 서로를 믿는다. 믿고 나아갈 뿐이다. 아픔은 사라지지 않지만 같이 있는 것뿐이다.

아픔을 잊고 서로를 믿는 것, 그런 만남을 계속한다.

열차

서울역 비싼 철도를 탄다. 백화점인지 대형마트인지 모르는 곳에서 희뿌연 하늘 아래 걸어간다. 청량리역과 서울역이 다르다. 서울역은 더 화려하다. 화려한 하늘 아래 걸어가는, 멀어진 남자는 조금 쉰다. 쉬어가길 서울역에서 바란다.

하얀 하늘 아래 뿌연 매연이 지나간다. 지나가는 매연 속에 계속 나아간다. 끊임없이 오가는 군중 속에 지나가 버린다. 계속 지나간다. 사람들은 눈맞춤도 없이 계속 지나간다.

우동, 김밥 하나 먹으려는 마음보다 샌드위치, 우유 하나를 먹는 것이 낫다. 서울역 4개 붙은 좌석에 앉아 기차 같은 말을 한다.

앉아서 편히 쉰다. 옆에는 아줌마와 아저씨가 앉는다. 인사할 겨를도 없다. 계속해서 둘은 얘기한다. 4인석에 앉아 나머지 한 명이 오길 기다린다. 계속되는 안내방송에도 모두가 시끄럽다.

어두운 밤이 될 때까지 달려야 한다. 어두운 밤 누운 침대와 함께 켜진 하나의 전등, 그런 철도이다. 철도로 계속 나아가야 한다. 의미 없는 걸음도 있다. 의미 있는 걸음도 있다.

철도로 가는 길 밤 열차이다. 밤에 열차가 지나간다. 밤에 버스를 타듯 조명이 밝다. 술을 마시는 라운지보다 음료수를 먹고 싶다.

별이 밝다. 별과 별의 사이가 깊다. 매우 큰 차이다. 그 별을 내다본다. 달이 떴다. 달의 크기가 너무 좋다. 달의 은은한 하늘이 너무 좋다.

옷장인 트래블 백을 꺼낸다. 잡지 한 권, 화장가방, 많은 옷들. 하나하나 다 비싸다. 다 익숙하게 되었으나 비싸다. 모델은 잡지에 나온다. 자신이 나온 모습을 본다. 하나하나 스르르 살펴본다. 잘 나왔다.

윗옷 한 개를 꺼낸다. 두꺼운 패딩이다. 젊은이들의 옷인 원색 패딩이다. 패딩을 입는다. 두껍게 입고 원래 있던 담요를 꺼내 눕는다. 뒤로 젖혀도 된다. 젖힌 채 하늘을 본다. 달이 너무 밝다. 달의 모습이 너무 좋다.

밝은 하늘이 곧 뜬다. 그것을 바라보며 아침을 맞이한다. 아침이 든다. 모델로 모텔에 간다. 모텔에서 잠든 뒤 해 뜨는 것을 보러 간다.

해가 뜬다. 접시 같은 해가 뜬다. 해를 바라보며 커피 한잔 마시며 앉는다. 바다 위에 앉아 커피를 한다.

커피를 마신다. 카페에서 뽑은 아메리카노를 마시며 앉아 있다. 34명이서 사진을 찍는다. 보면서 찍는다. 다 사진을 찍는다.

산행

겨울 산에 가려고 한다. 여자는 겨울 산을 오른다. 산봉우리가 너무 하얗다. 하얀색 설경 속에 산을 오른다.

힘들다.

계속 오른다. 끝도 없이 오른다. 눈이 오면 죽을 수 있다. 그러나 계속 오른다. 계속 오르던 중 하늘 다리를 본다. 하늘 다리를 쉽게 지난다.

여자는 정상에서 하얀 한 도시를 본다. 하얀색이라서 너무 좋다. 그것이 도시이다.

연애

연애를 시작했다. 좋을 뿐이다. 밥을 같이 먹고 커피를 같이 마신다.

행복함이 영원했으면 좋을 만큼 연애가 달콤하고 사랑스럽다. 그저 이게 행복할 뿐이다. 행복하게 끝날 것 같다. 왠지 잘될 것만 같다.

또 다른 미래를 약속하고 현재에 만나고 과거를 추억한다. 정이 들어 사랑하는 제일 행복한 사람이 된 것이다. 그저 꽃들만큼 사랑이 좋다.

영원히 행복하기를 빌며 두 사람은 같이 간다.

배낭일지 to 베트남, 캄보디아

비행기표

TICKET

plane number "OZ 8809"

departure time 8:00

arrival time 12:00

"외웠다. 나는 여행을 가기 위해 비행기표를 예매한 게 아니고, 어 어떻게든 명품 한번 더 보려고 면세점에서, 어 명품을 조금 더 많이 사려고 여행을 간다."

활짝 웃어 보인다.

"면세점 3개 다 돌자."

L사 D사 M사 다 돌아볼 예정이다.

"야 이호 너. 3개?"

엄마는 화가 나서 말한다. 돈은 다 용돈에서 나가기 때문이다.

"야 3개?"
"엄마 3개 정도 기본이야. 다 100만 원 넘어. 친구들 다 명품으로 300만 원씩 쓰고 그러는데 나는 해외 갈 때만 면세점 가잖아."
"뭐 그런 게 다 있어. 누가 쓰는지 전화해 봐."

전화는 안 하겠지만 잔소리를 계속 한다.

"전화해 봐. 이름 대 봐. 누군지 좀 알자. 어 누구냐고 걔가 대체."

엄마는 어이없어 하며 묻는다. 한두 번이 아니다. 이러다 명품을 푹 하고 사준 지.

"이제훈하고 권지용."

자기의 친구들이다.

"뭐 전화해 봐."
"전화한다. 되면 사줘."
"전화를 해 봐."

따르릉 따르릉…

"여보세요. 너 명품 얼마나 사는지 좀 말해 줘 엄마한테."

"4개. 1주일에."

단호하며 부자인 듯이 말하는 것이다.

"끊는다."

픽 웃는다.

"봤지, 몇 개 사는지."

엄마는 기가 막히다. 저 집보다 못사는 건 기본이고 돈도 많이 부족하기 때문이다.

"이호야. 몇 개 사더라도 1년에 1개 이렇게 사야지 이게 뭐니."
"알았어요. 몇 개만 사면 되잖아."
"너 그렇게 살다가 어 해외 가서 어 길 잃고 여권 잃어버리면 너 미아 된다. 납치도 돼, 어?"

그런 일이 일어날지 그때까지는 아무도 몰랐다. 이호도 엄마도 베트남인도 아무도 몰랐다. 그저 비싼 비행기 투어인 줄 알고 있었던 것이다.

"에이 그런 건 거의 없는 거고."

베트남 여행 시작

베트남에 가서 뭘 볼지를 연구 중이다.

'음, 음, 음, 어 음
남부 북부 다 유명하네. 갈 만한 데는 남부에도 있고.
먹을 건 베트남 쌀국수뿐만이 아니라, 돼지갈비? 연탄 화로로 구운? 오 베트남식 삼계탕.
오 풍경 죽이네. 해안 절벽, 와 여기가 진짜네.
수상가옥? 뱃놀이도 있고.'

인터넷으로 여행 공부를 하다가 눕는다. 베트남의 옛 역사와 현재로 이어지는 흐름들을 본다.

'베트남 만만한 나라는 아니네.'

베트남의 열차, 비행기, 공항, 베트남에어 등을 쭉 본다.

이제는 캄보디아

앙코르와트와

아시아의 허브

우거진 수풀 열대

"와 이제 쇼핑몰에 가볼까 하하하 백화점 10층으로 출발!"
"차 타고 가자."

쏟아지는 햇볕을 담아 차의 반사를 받으며 끝도 없는 차들의 행렬에 기대어 출발한다. 출발하는 곳에서 나와 도로의 새로 만든 횡단보도를 지나 빠른 물결 같은 시내 도로로 들어간다. 시내 도로는 곧 고가도로로 연결된다.

시내로 나가는 길이 막혀 답답해도 고급 외제차의 3D 입체 스피커의 음악을 제일 크게 켜고 흥얼거리며 간다. 시내는 꽉꽉 막혔다. 고급 스포츠카는 보기만 해도 기분 나쁘다.

백화점 주차장에 차를 세운 후 웃는다. 엄마랑 손잡고 백화점 10층에 간다. 면세 collection을 보며 웃는다. 하나 산다. 할인율이 높지는 않으나 꽤 싸다.

"엄마 하나만 더 사."
"뭘 또 사고 있어 집에 비슷한 거 얼마나 많아."
"에이 하나만."
"안 돼!"

그냥 엄마랑 실랑이를 벌여도 하나 산다. 몸으로 막아도 엄마의 카드로 지른다. 30만 원짜리를 지른다.

"야 이호 너 끝났어."
"이호 야호 이~ 야~ 호."

이호가 웃으며 만세를 한다.

옷을 감상하며 집으로 온다.

집에서 배낭을 하나하나 챙긴다.

공항부터 베트남 하노이까지

베트남을 가는 것은 어찌 보면 동남아의 여행지 하나일 뿐이다. 그러나 베트남의 자연 그리고 문화를 보는 것은 어쩌면 축복일 수도 있다. 하노이 여행책을 본다.

베트남 하노이 여행 준비

하노이는 10~4월, 다낭은 1~8월, 호찌민시티는 11~4월이 강수량이 적다. 어느 지역이나 우기에는 후텁지근하여 건기 때 여행하기 좋은 것은 사실이다. 중남부와 달리 북부는 11월부터 차츰 기온이 떨어지고 아침저녁으로 선선해져 여행하기에는 더 좋다. 중부의 우기는 우리의 장마철처럼 종일 비가 내리고 강수량도 많아, 여행을 피하는 게 좋다. 하지만 남부의 우기는 소나기처럼 쏟아지는 스콜이라 여행에 큰 지장이 없다.

베트남 책자를 공항 서점에서 사 와 공항 벤치에 앉아 있다. 10분 만에 다 읽는다. 바로 책을 내려놓는다. 항공사를 찾는다.

배낭에는 호텔에서 입을 양복, 새로 산 명품 옷들. 그리고 디지털 디바이스들과 고급스러운 제품들이 너무 많다. 항공법, 로켓 제조 엔지니어링 책 등등 읽을 책을 많이 가져왔다.

가자 to 베트남 and 캄보디아

여행 수속을 마친 후 공항으로 들어간다. 들어가서 커피 한잔을 먹으면서 비행기를 기다린다.

"오 기분 굿."

서서히 비행시간이 되어 간다. 비행기가 와서 대기하고 탑승이 시작된다. 시작된 탑승구에 제일 편한 쇼파에 앉아 있다가 서서히 일어나 쭈뼛쭈뼛 줄을 선다. 제 자리를 확인하고 설설 들어간다. 계속 일어나 있다. 줄이 길다. 손가방 하나를 올리고 설설 자리로 들어간다. 자리는 편하다. A~F석 중 C석이다.

베트남의 출국장에서

"여기요 여기 A투어 여기요."

A투어의 가이드를 만났다.

"어 이호 이름 여기 있네요. 여기요."
"네 저쪽 파란 버스로 가서 자리에 앉아 계시면 되고요."
"몇 명 왔어요?"
"20명이요."
"네 저기 앉아 계세요."
"안녕하세요."

굳이 인사를 한다.

동네 주민 차림의 한 중년이 가이드이다. 가이드가 소개를 한다.

"자 오늘 다 오셨어요. 전원 다 오셨고 베트남에 오셨어요. 하노이부터 하롱베이까지 3일을 같이 하고 4일차부터 캄보디아로 여행을 가는 그런 코스입니다. 만나서 반갑습니다."

이호는 멋있게 창문을 보고 있다. 가이드의 안내는 하나도 듣지 않는다. 그저 세상에 없는 그런 멋진 포즈를 하고 창문을 보고 있다.

"하노이 하면 떠오르는 것이 몇 개가 있어요. 그 중 제일 유명한 곳이 뱃놀이. 호수의 섬들. 불교의 절들. 이 정도로 코스를 잡아 봤고요, 여기 현지인들이 매우 셉니다. 성격이 불같이 셉니다."

이호는 1시간째 제일 멋진 포즈로 창밖을 보고 있다.

"바로 식사를 하실 건데 쌀국수예요. 베트남 가면 꼭 먹어야 하는데, 보통 주말에 농경지대에서 점심으로 먹는 게 쌀국수의 유래입니다. 그러다 베트남의 phomons, 이런 브랜드를 낸 거고 모두 다 점심으로 먹는 게 베트남의 쌀국수입니다. 고기 국물에 야채를 넣어 국수와는 다른 맛인 누구나 좋아하는 쌀국수를 만드는데요…"

이호처럼 창밖을 보는 사람이 없다. 사람들은 3, 40대 아줌마 아저씨에 꼬마들 한두 명이 껴 있다.

이호는 생각한다.

'내가 여기 왕이다.'

첫 번째 여행지 불교 사원

"첫번째 여행지는 불교 사원인데요, 어 처음 봐서는 중국과 일본 등과 다른 게 뭔지 못 느끼실 거예요. 중국 영향권의 사원이고…"

이호는 가볍게 멋있게 말한다.

"오."

걸어간다. 이호는 사람들과 같이 걷는다. 가이드가 안내한다.

"잘 보시면 여기 엄청나게 큰 스케일이 펼쳐집니다. 산 정상이라 어떤 산의 크기가 느껴집니다."

"아 그런 거네."

이호는 웃으며 30대 아저씨한테 말을 건다.

"여기 좋죠?"
"아 네 그렇죠."

30대 아저씨는 아내와 같이 가 버린다.

가이드를 계속 따라간다.

"이 여행지의 사찰 사주를 해 줍니다. 운수, 길, 행운을 빕니다."

"해 봐야지."

이호는 열심히 사찰 점을 보고 있다.

'아 이것도 긴장되네.'

길을 잃고 미아가 된 줄은 차마 모르고 있다. 이 쉬운 그것도 떨린다는 말이다.

'소길'

이호는 웃는다. 소길 나왔어요, 하면서 소리친다. 사람들은 다 박수를 쳐 준다.

수상가옥

베트남의 절정인 수상가옥 체험에 간다. 모두 다 좋아한다. 수상가옥을 가는 길 노래를 들으며 간다. 늪지대를 형성하고 있고 뱀, 악어, 물고기, 열대에 생존하는 다양한 식물들과 동물이 있는 그런 늪지대이다. 그러나 안전하고 볼거리가 가득해 사람들이 관광명소로 꼽는 그런 장소이다.

수상가옥은 베트남의 하나의 문화 중 매우 흥미로운 것이다. 그런 문화가 생겨서 어촌생활을 그곳에서 하는 것이다. 베트남의 쌀이 매우 발달하였고, 그래서 농부가 많이 있었다면, 어촌에는 이런 수상가옥을 짓고 큰 강에서 살곤 했다. 이런 것들이 전승되어 문화와 관광지로 남은 것이다.

수상가옥에 가자 베트남 아저씨들이 노를 저어 준다. 2명씩 타고 1명이 노를 저어 준다.

이호도 바로 탄다. 베트남 아저씨, 아니 청년은 매우 발달한 어깨와 팔 근육을 가지고 있다. 노젓기로 생긴 근육으로 보인다.

베트남 청년이 묻는다. 한국어로,

"아저씨 노래 좋아해요?"

베트남 청년이 계속 묻는다.

"제가 한 곡 할까요?"

이호가 말한다.

"오 무슨 노래?"

베트남 청년은 열심히 노를 저으며 수상가옥을 간다. 여자친구인 듯한 소녀가 수상가옥에서 뭐라고 한다. 뭐라고 하는지는 모르겠다.

"요 너 쟤 남친이야?"
"네 그래요."

별 5개 호텔

호텔은 5층 높이에 아라비아식 기법으로 만들어진 화려한 호텔이다. 밖에서 보면 너무 멋있고 화려하다. 돈이 많아야 잡을 만한 그런 호텔이다.

"오늘은 이만 투어를 마치고 호텔 키를 하나씩 받아 가시면 됩니다. 여러 불만사항도 있을 수 있는데 그것은 다 호텔 로비로 전화해 주시고 내일 아침 늦으면 안 됩니다. 다 8시까지 호텔 로비로 나와 주세요."

"이호씨 403호."
"네 선생님."
"이호씨 너무 좋아요, 정말 싹싹하고 멋있죠?"
"하하하 이호씨 좋죠."

이호는 생각한다.

'됐다 왕이.'

403호실에 앉아 TV를 본다. 핸드폰으로 촬영한 사진을 쭉 본다. 엄마한테 사진을 보낸다. 엄마 나 잘 놀고 있다. 이런 문자다.

403호실에서 베트남을 본다. 행복해지며 잠에 빠진다.

유람선 항해

"유람선 이쪽으로 오시고요."
"우리 회사 전용 배이고 여기로 오세요."

같이 유람선을 탄다.

배 2층에서 하롱베이의 원시적이고 태초적인 광경을 느낀다. 원숭이들이 놀고 팬더가 앉아 있을 만큼 좋은 정경이다. 원숭이가 웃는다. 이호는 바나나를 세게 던져 준다. 오오오 받는다. 이런 놀이다. 원숭이를 보고 침팬지도 있을 것 같은 정도이다.

저녁 식사

이호는 밥을 먹으며 자신이 큰 위인이라도 되는 양 밥을 먹는다.

"따거 짜오."

별의별 말을 다 한다.

베트남 마지막 여행이 내일이다. 말을 다 놓고 술에 취해 분위기가 매우 좋다.

"아 내가 그때 미치겠더라고요, 네네 그때 친구가…"
"아. 그런 놈이네."

40대 초반의 아저씨가 말한다. 말을 잘 들어 주고 잘 경청해 주신다.

"또 그 다음 어떻게 됐는데?"
"그 나쁜 놈이 친 거에요, 지 여자를…"
"아 그 놈 나쁘네."

다 친해지고 훈훈하다. 이렇게 마지막 베트남 여행이 끝난 줄 알았다. 이호가 낙오되는 일 빼고.

낙오자 이호

술을 계속 마신다. 술을 마시고 베트남 야시장으로 향한다. 베트남의 술맛에 빠져 주점에서 술만 마신다. 술을 황주 10병을 먹었다. 황주는 보리와 쌀로 만든 중국 대표적인 술이다. 매우 독하다. 10병은 소주 10병과 비슷하다.

아 취하네 이거. 픽 하고 쓰러진다.

쓰러진다.

세상이 흔들리며 쓰러진다.

2일이 지났는데 못 일어난다. 시장에서 기운을 차리고 곰탕 비슷한 것을 먹으려고 한다. 돈이 다 떨어져 있다. 핸드폰을 켠다. 배터리가 나가 있다.

"와 잘 잤다. 이제 집에 가 볼까."
"어라. 돈이 다 떨어졌네, 어 핸드폰은 배터리가 다 나갔고. 호텔 이름 모르는데."

택시를 잡고 말한다.

"어, 궁전 모양이고 위에 세 기둥이 있고 어 또 로비가 환하고."

택시기사가 말한다.

"몰라 이 병신아 안 꺼져."

택시가 간다.

"아."

이호는 어안이 벙벙하다. 뭐야 이게 어쩌냐.

"아 어쩌냐."

아 휴대폰 충전.

근처 편의점으로 간다.

"충전 돼요?"
"give it."
"no V110."
"엥?"

운다. 큰일났다는 것을 알았다. 아무것도 생각나는 게 없다. 그저 핸드폰과 지갑만 있으면 다 되는 줄 알았다가 고장이 난 것이다. 아예 찾을 수가 없다. 공중전화를 쓸 수도 없다. 뭐라고 써 있는지도 모르기 때문이다.

아예 방법을 구할 수가 없는 것이다. 아예 찾을 수가 없다. 어떻게 집으로 가는지를 모른다. 영사관도 있는지 모른다. 그저 국제 미아다.

"뭐 어쩌라고 이게 뭐야…"

친구 이제훈 집

춤을 춘다. 흔들흔들 춤을 춘다.

문자를 보낸다.

to 이호
from 제훈

요즘 왜 안 보여?

문자가 돌아오지 않는다. 하나를 더 보낸다.

to 이호
from 제훈

돈 떨어졌지? 못 놀게

　문자는 돌아오지 않는다. 왜 안 오지 생각 끝에 그냥 다른 일을 한다. 춤을 춘다.

집으로 가는 길

공항에 가야 돼.

공항을 가야 살 수 있다고 생각했다. 먹을 것은 없고 물도 음수대 있는 곳이 없다. 오로지 공항에 가야 살 수가 있는 것이다. 공항을 가고 있다. 대중교통을 몰래 타고 지도에 따라 공항에 간다.

"돈 안 내!"
"없는데요 사정이 좀 급한데 아."
"내려!"

버스는 타기 어렵자 지하철을 탄다.

지하철을 겨우 무단으로 타고 공항까지 오고 있다.

공항에 도착했다. 공항에 가니 음수대가 있다. 음수대로 물배를 채운다.

"와 이런 맛은 처음이다. 술보다 잘 들어간다."
"공항 직원이 여기 있네. 아줌마 돈이 없어요, 먹을 것도 없어요."

공항 직원이 삐딱히 보더니 욕을 한다.

"구걸하는 곳 아니에요."
"아니 구걸이 아니라…"
"여권 줘 보세요."
"여권 없어요. 잃어버렸는데."

공항 안전 직원이 쳐다보더니 말한다.

"one poor inside one poor inside."

공항 직원이 말한다.

"여권 없으면 비행기 못 타요."
"엥 그럼 어쩌라고."

납치

"야 한국인. 이리 와."

10일째 노숙 중이었다.

"어 누구세요."
"누구긴 누구야 니 주인이지."
"데려가."
"뭐야 이…"

납치 후

"살려주세요. 살려주세요."

안 죽여 잘 따르면. 이런 표정으로 말한다.

"칼 맞고 죽을래, 우리 따를래?"

다 따르라는 이야기다. 국제미아한테는 방법이 없다.

"살려주세요 다 드릴테니깐."

뭐든 다 준다고 말할 뿐이다.

"뭐 줄 수 있는데."

베트남 조폭이 묻는다. 5명이 묻고 밖에 10명 더 있다.

"끝. 너 우리 거야."
"살려주세요 살려주세요."
"죽어 우리 도망치면."
"알겠습니다. 안 도망칠게요."

"짐 여기 있네. 우리한테서 도망치면 끝이야."

짐을 본다. 어이없이. 자신의 짐을 그들이 갖고 있는 것을 본다.

베트남 통과의례

이호 내 말 잘 들어.

자기들의 멤버로 받는 통과의례를 하러 가고 있다. 마지막 주의를 주고 있다.

"저기 저게 악어인데, 안 물어. 먼저 위협을 안 가하면, okay? 원리를 알겠어?"

큰형님급 아저씨가 다 이야기를 해 준다. 악어가 있는 웅덩이를 지나가는 게 시험이다. 악어는 보이는 것만 20마리고 웅덩이는 15m를 뛰어가야 한다. 정말 힘든 시험이다.

"건들지 말고 내가 시키는 대로 해. 그렇게 할래 말래."
"Okay."

하면서 이호는 몸을 푼다.

"이야 호" 하면서 뛰어간다.

'그냥 죽자.'

이런 마음가짐이었다.

"됐어 됐어."

악어 다섯을 지나쳤다. 겨우 안 물었다. 간만 본 것이다.

"아 아까비 저 길이 더 쉬운데."

3마리 길을 택했다. 1마리 길 대신.

잘 뛰어간다.

"됐어." 1마리 남았다.

"됐어." 다 지나쳤다.

와! 전부 다 박수를 보낸다. 와 잘했어 이호 이거야.

"와우 예스!"

하며 이호는 소리친다.

"술 하러 가자, 이호 들어왔다 우리에게."

술자리

"술을 배워 인마."

큰형님급 아저씨가 술을 가르친다. 엄청 빠르고 잘생겼다, 정말 강인하다는 느낌을 준다. 짱이라는 표현이 어울린다.

"술 자. 두 손을 들고 정성스럽게 먼저 받아. 됐어?"
"자 다시 네가 따라 봐."
"예 큰형님을 잘 모시겠습니다."
"자 건배."
"건배합시다."

착하게 생긴 아저씨는 조금 괜찮은 분이다.

"야. 두 손으로 공손히 마신다. 실시."

술 분위기가 무르익자 이호는 살며시 말한다. 돌아가고 싶은 마음을 말한다.

"저 사실은 돈과 비자를 잃어버리지 않았습니까? 돌아가고 싶은 마음이 크지 않겠습니까?"

"그래?"

자기들끼리 얘기한다. 못 보낸다는 의미이다.

"가도 다시 와야 돼."
"네 그렇긴 한데요, 집을 좀 방문하면 안 되겠습니까?"
"안 되지 이놈아."

형들이 말한다. 가면 죽는다는 내용이다.

베트남 형들과의 대화

"Come on, come on(빨리 와 빨리 와)."

베트남 형들이 대화를 한다. 이호는 얼이 나가 있다. 자기들이 하던 대로 하고 있다. 어떻게 보면 정말 세고 높다. 다 이런 식이다. 제일 높은 것은 우리야. 더 높은 것 그것이 우리야.

"형들 거기서 어떻게 되는데. 아버지 전쟁 말이야."
"No no no, don't ask like that(아니아니 그런 거 묻지 마)."
"Okay(오케이)."

이호는 한국에서 노는 그대로 자신의 모습을 보여 주려고 한다. 자신이 좀 놀았다 이 말이다.

"우리한테 말 못 해야 돼. 나한테 지금 이러면 몇 개 틀려."
"Hey you are mine."

베트남 청년들이 너는 내 거라고 말한다. 웃으면서 두 청년은 웃는다.

"No no no."

제일 큰 청년과 이호는 싸움을 붙는다.

"Hahahaha 뜬다 우리랑."

퍽 하고 때린다. 이호는 맞아 주저앉는다.

시간이 지나고 풀이 죽어 버렸다.

"하하 이호 what's inside(안에 뭐 들었어)?"
"하하하하."
"하하하큭큭큭큭."
"큭큭큭."
"깍깍깍낔."
"Ha ha ha ha it's tuxedo(병신이 턱시도 가져왔어)."
"Wow where you wear this(이거 입을 데도 없잖아)?"
"It's for hotel(호텔에서 입으려고)."
"야 그딴 게 아니라고."

가방을 뒤지다가 또 무엇을 찾는다. 또 자지러지게 웃는다.

"This boy is trying pilot. he attend ordinary school(얘 기장 되려
고 한다. 통 학교 다니잖아 항공대가 아니고)."
"Ha ha ha."
"하하하하하."
"Why you learn this(왜 이것을 배웠어)?"

"Dream(꿈)."

"Because it's most luxurious(이게 제일 멋진 줄 알고 병신이)."

제일 힘센 청년이 조금 씩 웃다가 말한다.

"Why you bring this book(왜 이 책을 가져왔어)? You are wrong(너는 틀렸어). Right(맞지)?"

"아오."

계속 웃음이 난다. 짐을 다 꺼내어 본다. 계속해서 본다. 서로가 서로를 보며 웃는다. 5개는 웃겼다. 하 웃겼다, 이런 얼굴로 계속해서 고래고래 이호는 소리친다.

계속 꺼내어 본다. 그러다 하나씩 가져간다. 짐은 모두 뺏겼고 필요 없는 것만 남아 있다. 이호는 화나서 계속 왈왈댄다.

배 청년

"Hey new come"
"오, 넌?"

배 청년이 와서 웃는다. 자기소개를 한다.

"안녕. 난 하노이 동부 1짱 편왜이지야."

이호는 엉엉 울면서 말한다.

"아오 미친."
"우리 사업 어땠어? 뱃놀이 좋았냐?"
"모른다고."

또 울면서 말한다.

"아오 씹."
"내 여친이 뭐랬게? 니 존나 잘생겼단다. 데려오래. 갖고 놀고 싶다고."
"알겠다고 미친아."

다 웅성댄다. 미친이라고 말했기 때문이다.

"야 미친이란다. 하하하."
"미안하다고."

이호는 엉엉 울면서 갖고 놀음을 당한다.

전쟁

"일 가야 한다. 준비해."

일은 싸움을 의미한다. 영역 문제로 싸움이 계속 있어 왔다. 그러나 이 싸움은 끝나지 않을 만큼 멍이 든 싸움이다. 가끔 2명 3명이 죽고 계속 죽어나가고 있다.

화가 난 간부가 이호를 향해 소리친다. 너무 화가 많이 났다. 싸움에 사활을 걸어야 하는데 이호는 꾸부정한 태도 때문이었다. 너무 자신들의 싸움에 긴장을 하고 힘이 많이 드는 어려운 싸움이기 때문이다.

"이호 죽을래?"

이호가 화를 낸다.

"뭐하는 거야. 내가 너희들 때문에 싸울 줄 알았냐."
"죽여."

3명이 이호를 잡는다. 모두 화가 났다. 엄청 화가 나서 주먹으로 패려고 한다.

"우리 위해 싸울래 아님 그냥 죽을래. 정해."
"죽어도 못 싸운다, 이 병신아."

뺨을 한 번 친다.

"아 뒤질 놈아. 내가 꼭 너를 죽이고 만다."

싸움이 시작됐다. 밖에서 마구 싸우고 있다. 큰형님부터 동생들까지 모두 싸운다.

"우린 지역으로 논다. 베트남 친구들이라서 그것 때문에 싸운다."
"그래 니들 잘났다. 나 해먹고 뭐가 되나 보자."

이호가 쏘아붙인다.

"도와줘라. 우리는 너무 많은 싸움을 했고 지역을 지켜 우리 삶을 살려고 한다, 너도 이번 싸움으로…"

이호가 싸운다.

적들과.

전쟁 2

막 싸우고 맞고 때리고를 반복한다. 계속 정신없이 맞고 때리고 싸우고 터지고 터트리고를 반복한다.

"형들 우리가 이겼죠?"

크게 소리친다.

"어 오냐."

형들이 답한다.

계속 싸우는데 10명의 편웨이가 이끄는 몽둥이 부대가 달려온다.

"와."
"와."
"예스."

다 패 버린다. 20명 정도의 적을 다 패 버린후 승리를 했다.

출국장에서

"이호 빨리 가 임마."

형님이 배웅한다.

"형님 너무 슬프지 않습니까?"
"됐어. 가."

뛰어간다. 베트남 출국장에서 비행 탑승구까지 신이 나서 뛰어간다. 모든 행복을 다 가진 것처럼 뛰어간다. 그저 행복할 뿐이다. 모든 즐거움을 다 가지고 뛰어가고 있다.

기내에 탔다.

"형님들…."

옆자리의 외국인이 묻는다.

"Why cry(왜 울어)?"
"Sure it is(당연하지)."

기내에서 기내식을 4그릇을 먹는다. 음료수를 병으로 마신다. 행복한 밤 비행을 보낸다. 그저 행복해서 너무 행복할 뿐이다. 위스키 판매대가 지나간다.

"소주지. 저게 아니지."

공항에 도착했다. 집으로 지하철을 타고 간다.

'집에 온 게 말이 되냐고?'

집으로 돌아온다. 아직도 돌아온지 모른다.

"엄마."
"인터폴도 못 찾더라. 어이구."
"엄마 너무 행복해요."
"어이구."
"나 찌르기도 하고 도둑질도 하고 그랬는데 어떡하냐고."
"뭐!"

법원의 판결

자 피고 이호씨 앉아 주세요.

변호사님 입장을 발표해 주세요.

변호사는 세련된 양복을 입은 인터폴용 변호사다. 정장 수트를 입고 머리를 넘기고 정의를 믿으며 발표를 한다. 대부분 죄는 허황됐고 많은 죄도 없어서 벌금형 정도가 적당하다는 이야기다.

입장을 발표한다. 다 어쩔 수 없었고 죽이려고 한 적도 없었다고 말이다.

인터폴측 검사가 심리를 진행한다. 검사복을 입고 구형을 한다. 어떤 죄가 있는지 또박또박 말한다. 깐깐하고 나쁜 모양이다.

판사가 고개를 기우뚱한다. 마지막 변론을 이호에게 시킨다.

"여기에는 사랑하는 사람들이 있었고, 친절한 사람들뿐 아니라 행복한 동료들이 있었습니다. 우리의 것은 우리만의 가치가 있었고 거기엔 우리가 같이 하고픈 행복이 있었습니다. 그런데도 저를 여기까지 온 것은 다시 만나고픈 친구들이 있었기 때문입니다. 적과 적으로 만날 땐 아무것도 필요하지 않았습니다. 그러나 같이 웃고 살고 먹고 놀 때 우리는 그저 1년이 지나도 10년이 지나도 100년이 지나도 계속 추억하고픈 기억이 있습니다. 진실되게 저의 악행은 있습니다. 그러나 버리기 싫은 추억만이 기억 속에 있습니다."

전부 다 박수를 친다.

선고한다.

벌금 100만 원 기소 끝.

"엄마 나 거의 우리 살아냈다! 엄마 어떡해, 나 무죄야. 집에 가자 빨리."

다음 여행

다시 여행을 가려고 한다. 이번에는 캄보디아로 갔다가 베트남으로.

간다 배낭여행 to 베트남 and 캄보디아. Go go go.

뉴욕 무용단 발레리나

뉴욕의 거리

브로콜리가 사람은 와장창 많이 다닌다. 사람들 한 명 한 명 걸어 다닌다. 뉴욕의 정취와 화려함보다 더 멋진 일이다. 미국의 비싼 자본주의 그 위로 지나다니는 사람들. 좋은 정취와 사람들이 한껏 흥을 더한다.

브로콜리 사람들은 매우 바쁘다. 일어나서 양복을 구깃구깃 입고 여자는 캐주얼 정장을 입고 도시를 나선다. 지하철이 제일 크다. 아메리칸 캐주얼을 입은 사람들이 나와서 일터로 간다. 뉴욕의 큰 도시를 맞으며 아침햇살 속에 눈부신 광장을 통과한다.

뉴욕 광장 속에서 이희는 카페로 들어간다. 커피를 산다. 설탕 없는 아메리카노를 산다. 아메리카노를 한잔 하고 이희는 사람들과 마주한다. 이름이 무엇이냐 묻는다. 이희라고 말한다.

센트럴 파크를 지나간다. 정말 멋있다. 시계탑을 지난다. 서울행 비행기를 예약한다. 이희는 뉴욕 공항으로 간다. 국제선을 잡는다. 한국으로 온다.

공항에 앉아 있다. 이희는 발레리나다.

서울에서

집으로 왔다. 서울에 있는 집으로 왔다.

"다녀왔습니다."
"와 이희야, 밥은 잘 먹고 다니니."

엄마가 묻는다.

"그래, 뭐 좀 해줄까."
"음, 소고기랑 비싼 거 다 해줘."
"기다려라."

암흑 같은 집이다. 너무 어둡고 퀴퀴하다. 남향이 아닌 집이라 빛이
들어오지 않는다. 아직 너무 어둡다.

집이 왜 이렇게 안 좋은지.

아름다움이란

오디션을 보러 갔다. 매우 힘든 오디션이니만큼 준비를 많이 했고 긴장도 된다. 몇 번 없을 기회이다.

"우리 오디션 왜 왔어요?"
"저는 아름답기 때문입니다."
"아름다움이란 진실로 사랑을 받을 때 그대와 내가 서로 사랑할 때 나오는 가치예요, 그런 게 아니에요."
"내가 더 아름다운데요, 저 다른 참가자보다."
"안 됩니다. 탈락."

탈락을 하고 술집으로 간다. 강북의 한 술집에서 비싼 버번 위스키를 먹는다. 남자만 좋아하는 술이다. 술을 계속 마신다. 비싼 술을 왜 먹는다. 이런 맛이다. 남자들을 꾀는 즐거움이 있다. 그러나 아름다움은 아니란다. 아름다움을 찾는 것, 그것이 과제이다.

어머니의 병

"엄마 왜 이렇게 아파."

의사가 들어온다. 서류를 주고 말한다. 어머니는 말할 힘도 거의 없다. 그저 누워만 있다. 아프다 죽을 만큼.

"이희야."
"응 엄마."
"죽기 전에 네가 결혼하는 걸 봐야겠다. 뉴욕에서 남자친구를 하나 데려와 줘라."

엄마의 마지막 부탁이다.

"왜 엄마."
"네가 제일 예쁘잖아."
"엉 엄마, 알겠어요. 엄마 최대한 빨리 데려오겠어요."

동의했다.

뉴욕에서

10시간의 비행을 한다. LA로 향하는 비행기이다. 힘들어 죽겠다는 비행이다. LA 갤럭시의 홍명보가 뛴 그 LA California로 간다. 한인이 많아 꼬시기 쉬울 거란 생각이다.

비행기의 중간 좌석에 앉는다. 기장을 부를 수 있다. VVVIP이기 때문이다.

기장님은 키 187에 훤칠한 키에 배우를 닮은 모습이다. 흰색 비행기 승무원 정복을 입고, 흰색 모자를 쓰고 제복을 입고 서류가방을 들고 있다. 너무 완벽한 남친의 모습이다.

"어머 잘생겼잖아."
"기장님 좀 잘생긴 듯."
"네 감사합니다."

기장님이 그냥 웃어 준다.

"기장님, 여친 있어요?"

목소리가 다르다.

"없습니다."

"어머, 저랑 2번만 만나실래요?"

"손님, 그럴 수는 없습니다."

"네 알겠어요."

아 저렇게 잘생기면 안 넘어오네, 라고 생각한다. 저리 잘생기면 안 넘어오는 거다. 아무리 예뻐도 짝이 있기 마련이다.

비행이 완료된다.

LA에서

한인타운에서 사람을 만난다. 어려움이란 영어 조금. 그러나 한인 타운은 다르다. 많은 것이 다르다. 한인들이 대다수로 있고 문화가 한국이랑 같기 때문이다. 정문을 통해 들어간다. 배낭을 traveller용 가방을 메고 고어텍스형 바람막이를 입고 간다.

한 걸음 한 걸음 씩씩하게 지나간다. 만나는 사람마다 Hi라며 인사를 한다. 오전 10시. 가장 활발할 시간이다. 상점이 하나하나 문을 연다. 미국식 핫도그를 파는 집, 피자를 파는 집. 반대로 한국식 비빔밥, 된장국을 파는 집도 문을 연다.

스시 가게, 규동 가게는 드물다. 한식이 매우 많다. 한식집에 들어간다. 많은 미국인과 한국인이 있다. 혼자 먹고 있는 40살의 젊은 미국인이 있다. 잘생겼다. 미남이다. 미국식 젊게 자른 머리커트에 살이 거의 안 붙은 몸, 하얀 티에 구두를 신고 있다.

"실례합니다."
"왜요? 관심?"
"아니요 밥 먹는 거 껴도 돼요?"

40대 미국인이 중얼댄다.

"와우 럭키."
"네, 미국은 처음이죠?"

이희가 말한다.

"미국에 살아요. 뉴욕이요. 저는 무용단에 있답니다."
"와우, 무용이요."
"네 바로 접니다."
"오, 저랑 한번 만나 보고 싶죠."

미국인 남자는 중얼거린다.

"노노노노, 하지만 관심은 있어요."
"당신은 어떤 사람인가요?"

식당은 음악소리가 나온다. 1980년대의 R&B 노래와 2000년대 한국 가요가 나온다. 한국 식당이라서 그렇다. 당신은 좀 어때요라고 물은 것이다. 노래가 계속 나온다. 바이올린, 첼로 소리가 아닌 통기타와 밴드의 연주가 계속 흘러나온다.

"제가 마음에 들어서?"
"아니요."

종업원이 음식을 내놓는다. 식탁 가운데에 불고기 정식이 나온다.

"저는…"

LA에 사는 남자는 사업을 하며 여러 사업체와 관련된 일을 한다고
한다. 무용수랑 만나는 것이 처음이란다.

"동양인 좋아해요. 구별 못해요. 중국이랑 한국이랑. 중국인 친구
많아요."
"우린 자유 연애예요. 만남에 관대해요. 어떤 게 좋아요?"
"아쉽지만 다음에 기회가 있으면."

이희는 마음에 들지 않았다. 노래는 계속 흘러나온다. 좋은 노래가
아닌 이별 노래다. 이별 노래에 맞게 헤어지려고 한다.

"당신은 너무 훌륭해요. 너무 좋은 만남이었어요."
"그래요. 친구로 지내 봐요."
"오케이."
"오케이."

한국 최신곡이 흘러나온다. LA를 지나서 뉴욕행 비행기에 오른다.
비행기를 타고 뉴욕의 집으로 향한다. 비싼 비행기표를 끊고 이어폰
을 크게 끼고 비행기 좌석에 앉는다. 앉아서 잔다. 앉아서 어두운 비
행기에서 잠을 잔다. 한 명 한 명 잠을 잔다. 담요 하나가 그렇게 잠
을 좌우한다.

좌석에 앉아서

"큭큭큭."
"하하하."

좌석에 앉아 영화를 본다. 연애 오락영화이다. 주인공이 결국 헤어지는 내용이다. 그런 영화를 끝까지 본다.

계속 이어폰을 낀 채 음악을 듣고 밤잠을 한숨 잔다. 미국의 제일 서부에서 미 남부에 있는 뉴욕 브로콜리 공항으로 간다.

기차표로 가면 좀 더 싸게 갈 수 있었다. 하지만 비행기가 훨씬 편하고 좋을 뿐이다.

옆 사람이 노트북을 꺼내어 일을 하고 있다. 어디 직장인인 듯하다. 머리를 짧게 자르고 반듯한 네모진 그런 직장인이다. 뉴욕으로 출장을 가는 듯하다. 문서를 보며 머리를 굴리고 있다. 뉴욕의 직장인이 출장 간다는 것은 매우 중요한 업무이다. 업무 중에서도 계약과 사업 확장권에 있어서 뉴욕은 사업의 중심가이다.

정말 네모반듯하다. 양복을 입고 핸드폰은 가장 최신이며 미국 직장인 중 가장 바쁜 일을 하는 듯하다.

이희는 흘끗 쳐다본다.

"왜 그래요?"
"그냥, 바쁘세요?"
"네."
"바빠요. 용건만 말하세요."
"얼마나 바쁜데요."
"죽을 정도로 바쁩니다. 용건만 말해 주세요."

이희가 말한다.

"저 어때요?"
"사적인 이야기 할 시간이 없어요. 그만 말 거세요."

시계를 한번 본다. 제일 비싼 오토매틱이다.

"10분만 말해 봐요."
"저는 무용단이랍니다."
"오 어디? 볼쇼이?"
"뉴욕에 있답니다."
"No. 우리는 세계의 중심에 있어요. 미국의 산업을 일구는 그런 일을 해요. 저는 사업에 일가견이 있다고 자부합니다. 미국이 중심이고 그 중심을 어떻게든 패권을 이루고 유지해야 돼요. 냉전시대가 지나고 중국과 싸움을 하는 게 하나의 미국 경제 정책이에요."
"오, 지면 망하는 거죠, 중국한테."

"오 이해하시네요. 미국은 하나의 경제적 군사적 정책이 맞는 방향으로 흘러가야 합니다."

계속 미국의 비즈니스적인 것을 이야기한다. 다 들어 주고 다시 업무를 한다. 노트북을 켜고 열심히 일을 한다.

"저 어때요?"
"좋은 아가씨예요."
"사귀어 볼래요?"
"하룻밤만?"
"아니요 쭉이요."

둘은 전화번호를 교환한 후 뉴욕에 도착한 후 헤어진다. 다시 그 한인타운 미국인이 생각나지 않는다. 하지만 전화가 온다.

"뉴욕이죠? 저도 곧 갑니다. 한번 만납시다. 무용가씨."

나쁜 사람 아니에요. 네?

둘은 말을 한다. 긴 이야기 끝에 헤어진다. 호기심밖에 없었다고 고백한다.

"저는 싫어요. 당신은 성공한 사업가이지만 멋진 댄서같이 완벽하지가 않아요."
"그래. Fuck you."
"나는 간절히 보낸 찻길에서 이것 하나를 해내려고 왔어. 고백 말이야. 그런데 된다고. 그래도 나는 추억하며 작은 행복 하나 가질게."

What

"인연은 헤어짐보다 중요해. 항상 추억하며 살게."

하고는 자신의 집으로 향한다. 만남이 이루어지지 않았다. 최고의 사람을 원하는 것이다.

발레 공연장에서

"뭐 하시나."
"뭐 하긴 핸드폰 보고 있지."

뉴욕의 무용단에서 친구들과 놀고 있다. 불길한 느낌이 든다. 사람
들이 너무 차갑다, 왜 이런지를 모르겠다.

"너 해고야. Fire from us."
"엥?"

그럼 뭘 먹고 살라고.

넌 해고야 해고.

내가 해고라고? 엉엉엉.

그럼 난 뭐하고 살라고.

그럼 난 뭐 먹어요.

끝이야 끝, 단장이 안 된단다. 기준에 못 미친단다. 게이 같은 단장이 기준에 못 미친단다.

단장에게 아무리 빌어도 안 된다고 한다. 이렇게 끝나 버렸다.

잘린 후

집에 가서 온갖 가구를 다 부순다. 책이든 전자용품이든 다 부순다. 다 부순 후 TV를 켠다. 이미 다 부서져서 나오지도 않는다. 다 부순다. 다시 다 태운다. 불이 난다. 1층이 다 탄다.

차를 타고 다른 곳으로 간다. 미니 차를 타고 다른 한적한 곳으로 간다.

부서지는 것을 참을 수는 있어. 하지만 없애 버리는 것은 참아내야만 해.

이희는 슬픈 마음에 계속 운다. 문이 닫힌다. 어떤 문이 없어진 것이다. 문이라는 것이 있다면 그 문이 없어진 것이다. 문이 없다. 자신의 이동을 하지 못한다. 끝임을 알아야 한다.

이희는 다른 곳을 향할 수가 없다. 다 부수고 없앨 뿐이다. 없는 슬픔, 없어짐의 슬픔이다. 슬픔이 슬픔을 낳는다. 계속 끊이지 않는다.

슬픔을 위해 계속 운다. 우는 슬픔이 없어지지 않는다.

침대 안에서 엉엉 운다. 종이로 만든 왕관 같은 여왕이다. 종이로 짓고 싸구려 천을 덧댄 여왕 망토이다.

엉엉 운다.

그때 연락이 온다.

"Hi 뭐해 시간이 좀 비는데 술 한잔?"

보더니 웃는다.

"오케이. 한번 만나자."

문자를 보낸다.

옷장을 연다. 좋아하는 옷을 고른다. 옷을 골랐다.

뉴욕 에비뉴 중심가로 향한다. 뉴욕 카페에서 기다린다. 핸드폰을 부순 흔적이 있다. 부서진 것이다. 부서진 핸드폰을 보며 만날 남자를 기다린다.

"어이."
"와우 헬로."
"이희 오랜만."
"커피? 티?"

둘은 환담을 나눈다. 환담을 나눈 후 일어난다.

"잘 가. 넌 끝이다."

말이 잘 안 된다. 헤어져 버린다. 이 남자도 안 된다.

"짧지만 긴 만남이 있소. 그대 해주오."
"싫소."

하며 밖으로 나간다. 카페를 나가 뉴욕 공항으로 간다.

마지막 날 뉴욕

방을 빼고 부동산 계약을 해지하고 집으로 향해 온다.

아 나, 돈 다 썼네.

뉴욕 공항을 간다.

뉴욕을 나서는 비행기를 나선다. 기장이 온다. 예전의 그 남자 기장이다.

"또 만났네."
"야 너, 나 좋다고 한 놈이지."

웃으면서 지나간다.

결국 남자 만들기는 실패했다. 그리고는 서울 집으로 온다. 집에 가서 푹 쉰다.

전화가 하나 온다. 전에 사귀던 남자친구이다.

"만나자."

"그래."

둘은 수줍게 선다.

"뉴욕 갔다 왔다며."
"그래."
"그럼 이제는 안 되나."
"엄마한테만 가 줘라. 뉴욕에 산다 하고."
"어?"

엄마한테 가고 있다. 엄마는 다 회복되어 있다.

"남자를 확 데려왔네. 아이고 우리 잘했다."
"엄마 나 잘렸는데 댄서."
"뭐 잘렸어? 뭐 거기를 잘려."
"어."

그만하자.

뛰어내리고 싶다.

남자가 온다. 확 잡아챈다. 전 남친이다.

뭐 거기가 끝이라고 죽으려면 죽어, 다시는 나랑 같은 인간으로 살
지 마.

그래. 한번 더 살아 보자. 오케이.

됐어.

대기의 장

내가 아무리 예쁘고 아무리 잘나가는 여왕이라도.

술을 한잔 더 한다.

모두를 벗어던져도

술을 한잔 더 심하게 마신다.

그만 말해. 할 말 다 했어, 내가 지금부터 말할게. 네가 무엇이 돼야 하는지.

남자가 힘을 주어 말한다. 남자는 다시 말하려고 한다.

아름다운 모습을 가져. 다시.

너는 아름답다고. 누구에 비해서가 아니라 너는 하나니깐. 그게 소중함이야, 남에게 기대지 마. 그냥 너로 버텨야 되는 거야.

그리고 나서 너의 아름다움을 다시 보여줘, 모든 사람들이 너를 다시 볼 수 있도록.

그런가.

다시 너의 아름다움을 온 세계에 보여주라고, 처음부터. 누구나 볼 수 있게 가장 잘 해내라고, 너의 모습을 제일 잘 해내라고.

그리고 다시 만나자. 아름다운 모습으로. 앞으로 살아가기 힘들어도 아름다움을 잃지 마, 너의 아니 우리의 삶을 잃지 말라고, 난 널…

다시 시작

서울 명동거리를 나선다. 걸어서 간다. 힘을 들일 오르막도 많다. 명동거리에서 새해맞이를 한다. 술을 마신다. 씨알눈이 온다. 닭갈비를 먹는다. 눈이 하나하나 온다. 눈을 셀 수 없을 만큼 값비싼 하루를 보낸다.

어두운 밤에 눈이 부시다. 눈 때문에 눈이 부신 하루를 맞는다. 가로등 불빛을 맞고 눈이 마구 막 내린다. 사람은 계속 온다. 사람이 끝이 없다. 사람이 계속 지나간다. 밥을 먹고 후식을 먹으러 간다.

한국식 음료를 먹는다. 생강차, 홍차, 이런 차도 맛있다. 그러나 한국식으로 발전시킨 설탕 많은 음료를 더욱 좋아한다. 맛있는 차를 마시며 즐거운 마지막 날을 기념한다.

바쁜 일상 속에 하루가 있다. 그것이 연말 마지막 날이다. 파티와 모임이 수두룩하다. 그러나 그런 바쁜 생활 속에 하루를 멈춘다면 마지막 연말이다.

차를 마신다. 맛있는 차를 마시며 좋아한다.

"맛있엉."

"나동."

차를 마시며 서로를 쳐다본다. 맛있다는 것이 주된 말이다. 맛있게 차를 마신다.

술은 조금 취했다. 1시간 동안 앉아 있다가 새해를 맞이한다. 새해를 맞이하는 기분은 좋고 행복해야 한다.

행복한 연말을 맞이하여 새로운 다짐을 한다. 다짐에 다짐을 담는다. 인간살이가 아닌 성실형 인간이 되려고 한다. 그렇게 지켜야 한다.

즐거운 설날 되세요.

밖의 음식점의 문구가 이러하다. 문구를 보며 즐거운 설날 되래라며 이희가 웃는다. 차를 마시고 집으로 온다.

집으로 가는 길에 너무 춥다. 목도리를 길게 해서 같이 묶고 간다.

"따시지?"
"엉."

새해가 태동했다.

집에서

집에서 쉰다. 쉬기 그래서 망토를 만든다. 망토를 입고, 왕관 같은 것을 쓰고 여왕놀이를 한다.

망토를 입고 뛰어다닌다.

발레를 춘다.

다시 뉴욕으로

뉴욕에 있는 댄스 그룹에 새로 합류하게 되었다. 뉴욕의 댄스 그룹으로 가게 되었다. 백댄서이다.

'와아아 이거 된 거 맞아?'

자랑을 한다. 댄서 그룹에 들어갔다고 자랑을 한다.

"뭐 여기 됐다고?"
"어 나 됐다."
"뉴욕 가게?"
"어."

뉴욕으로

기장이 왔다.

"안녕하세요. 이번 비행기를 타게 되었는데 그때처럼 그런 무리한
요구를 하시면 안 됩니다."
"네, 저 남친 있거든요."
"그러시면 부디 편안한 비행 되시길 바랍니다."

기장이 자리를 떠난다. 안전한 여행을 만들어야 한다. 예전처럼 싸
우면 큰일이다.

"소란 안 피우면 되죠? 네."
"네. 부디 편안한 여행을 만들어 주시기 바랍니다."

비행기가 구름 위로 뜬다. 구름 밑의 날씨는 모른다. 하지만 모든
날씨는 구름 밑이다. 날씨 위로 하늘을 난다. 하늘을 날며 비행은 너
무 순조롭고 편안하다.

TV를 본다. 좌석 앞의 TV를 본다.

헤드셋을 하나씩 끼고 있다. 음악 TV를 본다. 이희도 본다. 옆 사

람이 쳐다본다.

그 남자다.

"Hello?"

웃는다. 두 명 다.

"어? 또 이 시간에 탔어?"

두 사람은 자리에서 일어나서 악수를 한다. 어머, 이런 표정으로 두
사람이 서로를 쳐다본다. 기다리는 것은 아닐 것이다. 항상 비행기를
탈 수 없기 때문이다. 이코노미 클래스 가격도 200, 300은 든다.

"Yes it is."

웃으며 악수를 한다.

"어떻게 지냈어?"

환담을 나눈다. 그러나 서로 이성으로 보지는 않는다.

"나 이제 남자친구 있거든요?"
"추근대지 좀 말라고 말하고 싶었어."

풋 하고 웃는다.

"뭐 하며 지내? 그거 무용은 계속 해? 잘렸다며."
"계속 하지 그럼 뭐하나. 오케이?"

웃는다.

"그럼 다 풀린 거 아냐."
"그래 다 풀렸다."

둘은 10분간 이야기를 나눈다. 이야기 후에 계속 자리에 앉아 있다.

아무리 기다려도 서로의 자리는 있다.

이희는 이런 생각이 든다.

둘은 비행장을 나서며 인사한다.

"굿 굿."
"마지막이다. 굿 잘 살아라."
"바이."

"밥 한 끼?"
"어머 밥 한 끼? 오케이 한 끼 go."

둘은 식당에서 밥을 먹는다. 이야기는 대부분 회사 이야기다. 회사에서 새 지구 사업권에 관하여 계속 얘기한다.

"비싸지 관세가 붙으면… 그래서 비싸도 좋은 것 그런 것만 팔리니까… 명품이랄까 팔리는 것은… 좋은 특산품…"
"아 그런 거군."
"그럼 뭐 비싼 거 파는데."

사업 이야기가 거기로 흐른다.

"뭐 그때그때 유행 보고."
"그래?"

너무 멋있는 남자지만 지루하다. 다른 남자보단 멋있지만 지루하다. 이렇게 멋있어도 일이 지루할 뿐이다. 말이 너무 화려하다. 화려하고 수려한 외모를 가지고 있으나 실망스럽다. 너무 잘산다.

"헤이."
"Why don't you go me."
"Okay go."
"Nice time ah ha."
"Good good."

이렇게 마지막으로 헤어진다. 아쉽다. 그러나 내 남자는 아니다. 그렇게 헤어진다.

새 무용단에서

무용단에 간다.

I'm here. Nice meeting you.

Hi Ehee, hello, you are new.

"뭐부터 할까요?"

단장이 말한다.

"춤 연습장은 여기고 멤버들은 6명 같이 매일 연습하고 밥 같이 먹고 그리고 공연까지 완벽히 준비해서 춤 공연, 알겠지."
"네."

집으로 가는 길 지하철에서

뉴욕 브루클린 상가를 지나서 뉴욕 지하철을 타고 지하의 화려한 도시를 지나 집으로 오고 있다.

"Hello?"

또 너구나.

"계속 만나도 좋지만 마음속으로만 좋아하는 건 너만큼 좋을 순 없어. 이희야."
"엥?"
"핸드폰 문자로 위치추적 다 돼. 너 여기 살잖아."
"나랑 만나 아님 화낼 거야."
"No. 나 남친 있어."
"그래도 만나."
"난 갱단도 있어. 너 하나쯤 그냥 삶을 수 있다고."
"뭐? LA 아니야?"
"그래 LA나 다 있어."
"경찰 부른다."
"아 하지 마."
"그럼 왜 이러는데."

"좋아서 그래."

옆집 사람이 달려온다.

"What happen?"
"Nonono. I'm date with her."
"Right?"
"Yes."

같이 살자.

"갱단보다 무서워, 앞으로 네가 나아가야 할 일이."
"그래서?"
"말 다야."
"사탕발린 말 좀 하지 마. 내가 너를 좋아하는데 뇨 주세요 해 봐."
"뇨라 이것아. 술 10병 먹고 끝내자."
"Alcohol."

몇 분을 실랑이를 한다. 결국 술을 마신다. 수십 병을 같이 한다.

둘 다 피식 웃는다.

가자 한국에.

술은 잘 한단 말이야.

야 갱단으로 협박해.

그래 너 잡으려고 협박해 봤다.

그렇게 웃으며 둘은 헤어진다.

1년 후

한국에서 밥을 먹는다. 외로이 지낸 타향살이가 너무 힘들었다. 밥을 마음껏 먹는다. 밥을 한껏 먹는다. 한정식같이 차린 반찬을 마음껏 먹는다. 가자미, 코다리 가리지 않고 다 먹는다.

한정식으로 나오는 반찬이 많다. 불고기, 부침개 이런 것도 맛있다. 하지만 매콤하고 짠 그런 것을 더 좋아한다. 매운 음식인 코다리 무침이 너무 맛있다.

동네의 밤은 휘황찬란하고 아름답다.

아름다운 밤을 지낸다.

엄마 또 주세요.

어 먹어라.

와 진짜 맛있네요.

같이 계속 하자고 조르는 남자들도 없다. 전화를 매일 하는 한 명밖에. 그 남자친구를 만나러 간다. 만나자고 한다. 간다.

다시 남자친구로

남친이 웃는다. 씨익 웃는다.

여자도 웃는다. 눈물을 흘리며 웃는다.

사랑하지 아직도.

어 사랑해.

운동장

운동장을 돈다. 힘든 운동이다. 달리기를 10㎞/h로 돈다는 게 매우 힘들다. 10바퀴를 요구하는 게 아니다. 20바퀴, 30바퀴는 보통이다. 100바퀴까지 돌아야 한다. 그러나 그런 운동은 기초 체력을 키우는 동시에 발의 근육을 할퀸다. 근육이 다 없어진다.

발을 들어 한 발 한 발 나아간다. 마라톤의 음료수를 받아 가듯이. 음료수의 힘으로 뛰는 것이다. 한 발 두 발 세 발 모두 음식의 힘이 있어야 한다. 계속 뛰어간다.

계속 뛰어간다. 운동장에서 계속 돈다. 힘이 있어야 된다. 계속 뛴다. 엄청나게 힘들게 뛴다.

15㎞/h는 마라톤 선수 정도의 속도다. 그 속도가 나와야 한다.

계속 뛴다. 힘들어 죽을 지경이다. 그러나 체력이 필수다. 계속 뛴다. 집으로 오는 길 해가 지고 노을을 만든다. 노을을 보며 집으로 차를 타고 온다. 차를 타며 집으로 오고 있다.

집으로 오는 길 늘어지는 태양 아래 지나가는 차들과 나무들이 바쁘다. 계속 뛰는 훈련보다 빠른 찻길을 헐레벌떡 지나간다. 그 후 지나가는 모든 일들이 바쁘고 도시스러워도 집중되지 않는다. 집중 없이 지나간다.

밥을 먹는다.

밥을 맛있게 먹는다.

"운동하러 가야지롱."
"그만 좀 먹어."

운동을 시작한다. 다시 기본 운동을 시작한다.

"둘둘 셋넷."
"다시 한번. 하나 둘 셋넷 다섯 여섯 일곱 여덟."
"아오 이것도 어렵네."

남친과의 만남

밥을 한다. 간장과 생강을 반반 해서 요리 양념을 만든다. 요리 양념한 것을 생선에 바른다. 생선에 바른 후 샌드위치를 만든다. 맛있게 샌드위치를 만들어 한 입 만든다. 생강을 넣어도 된다. 생선 비린내를 잡아야 한다.

샌드위치를 먹고 다른 집을 향한다. 남친 집이다.

남친과 만난다. 행복하게 만난다.

집으로 돌아온다. 날이 어둡다.

겨울

겨울이 차갑다. 눈이 내리는 것은 매년 다르다. 어쩔 때는 많이 오는 해가 있고 가끔은 한두 번밖에 안 오는 날이 있다. 올해는 눈이 많이 내린다.

차가운 비가 내리는 날 둘은 만난다.

"눈이 많이 보고 싶다."
"나도."

오는 날이 장날이라고 싸리비가 내린다. 너무 함박눈이 보고 싶다.

"밥 하나 먹고 집에 가자."
"오케이."

비가 추적추적 내린다. 눈도 내린다. 행복도 같이 온다. 눈이 있으면.

"경치 좋은 데 가면 안 돼?"
"좋아."

같이 간다. 눈을 본다. 행복해지려고 한다.

"같이 있다는 게 뭘까?"
"좋아하는 거."

뉴욕의 밤

뉴욕의 자기 집에서 술을 마신다. 남자친구와 함께 마신다. 조명이 다르다.

"야 이거 불빛이 다르네."
"여기 계속 살자 응?"

딩동.

"옆집 오빠다."
"Hi may I come in(안녕 나 들어가도 돼)?"
"네 잠시 들렀다 가세요."

머리는 금발에 변호사를 하며 8척 키의 최고 신사다. 신사 중의 신사라고 할 수 있다.

이희는 얼굴이 빨개진다.

"저 남자는 누구?"
"지형이라고 합니다. 반갑습니다."

완벽한 신사에 이희는 반했다.

"저 남자는 어 한국인 친구인데요. 조금 서로 좋아하는데."
"나중에 올게요. 저 남자 없을 때."

작게 말한다.

"나중에 오신대."
"저 남자 없을 때는 뭔데."
"잘 몰라 서로."

라고 말했다.

남자는 인사를 하고 간다. 너무 신사답고 멋있다. 최고의 신사이다.

"와 어쩜 저리 멋있을까."

작게 얘기한다.

신사와의 데이트

남자는 집에 있다. 휴대폰으로 약속을 잡고 외국 신사와 만난다.

대화는 3시간 동안 계속된다.

'갈아타야지. 남친 버리고.'

"나랑 조금 더 만나요."
"Yes of course(응 당연하지)."

만나요란 말이 무섭게 말한다.

고민

와 나도 저런 아저씨랑 살아 보고 싶다.

머리에 포마드를 바르고 정장을 항상 입으며 변호사를 하고 있는 저 외국인이 너무 멋있다.

나도 한번 저렇게 멋진 남자랑 살면 어떨까.

한번쯤은 신사같이 살고 싶다고.

그때 남친이 온다.

"야 너 누구 만나지?"
"누군데."
"몰라 나도."
"그럼 헤어져 다시는 안 만나."

남자가 말한다.

"그래 헤어지자. 됐냐."

옆집 외국인이 온다.

"저 남자야?"
"응, 아니?"
"저 남자구만 뭐가 아니야."

남자친구도 말한다.

마지막

내가 저 정장 아저씨보다 훨씬 강하고 세다고.

이희는 갈등한다. 남친이 너무 좋다. 남친을 믿는다.

"180키에 매너 있고 잘생긴 얼굴에 상류층 직업 있는 신사인 남자들이 얼마나 멋있는데 나는 너밖에 못 만나잖아. 네가 하나라도 돼? 그들만큼 돼? 내가 묻고 싶어."
"나는 너만 원할 뿐인데."

화가 그냥 풀린다. 너무 싸움에 몰입해 있는 남친의 모습을 보았기 때문이다. 화를 풀고 말한다. 마지막 승낙이다.

"나는 그냥 너랑 계속 살 거다."
"What. What the it is(뭐 뭐 이게 뭐)."

외국인은 뭐라뭐라 욕만 하다가 화를 살짝 내고는 돌아간다.

뭐? 쟤는 가네.

"나는 너랑 계속 살 거다."

"알겠나."

"어."

"알겠냐고."

이런 말을 듣고 남자는 눈물을 흘린다.

둘은 껴안는다.

"나도 너랑 계속 살 거니까 이런 짓 하지 마."

"오냐다."

서울 달리기

한강은 양수리로 북한강 남한강으로 나누어지며 인천의 천으로 빠져 바다로 나간다. 민물고기가 살고 있으며 바다고기도 하류에서는 가끔 잡힌다. 한강의 길이는 서울에서만 40㎞로 달리기를 하기 가장 알맞다.

계속 달리기를 시도한다. 왕복 80㎞는 바이크를 타기 가장 좋은 도로이다. 바이크를 타려면 좋은 자전거 로드형 자전거가 필요하다.

로드형 자전거가 쌩쌩 지나간다. 바쁘게 지나가는 자전거를 따라 유유히 달린다. 거리는 멀다. 멀어서 너무 힘들 때 그때부터 달리기 마라톤이 시작된다. 등산이 많은 도움이 된다. 폐활량과 다리근력과 관련이 많아서이다.

계속 달려간다. 힘이 들어 너무 쓰러지겠는데도 그게 시작이다. 계속 달려야 한다. 20㎞를 달리면 그게 반환점이다. 반환점부터는 서서히 달려 돌아온다. 반환점까지 왔으면 다시 돌아갈 수 있다는 뜻이다. 체력과 실력이 그 정도는 되기 때문이다.

이희는 뛴다. 부상이 있고 쥐가 나도 계속 뛰는 게 사명이다. 그게 마라톤이다.

뉴욕을 달려 보고 싶다는 생각을 한다. 뉴욕 마라톤도 있다. 많이 참가하고 실제로 유명한 마라톤 대회가 많다. 혼자 마라톤을 하는 사람도 많다. 일본의 도쿄를 가면 뛰는 사람이 엄청 많다. 그것처럼 뉴욕 역시 뛰는 사람이 매우 많다.

도쿄에는 사람들이 살이 많이 안 쪄 있다. 아마도 달리기를 많이 하는 풍조 때문이다. 달리기 자체가 매우 좋아하는 운동이다. 계속 달리니 살이 안 찔 수밖에 없다.

뉴욕 역시 살찐 사람이 많이 없다. 대체로 날씬한 편이다. 가끔 뚱뚱한 사람이 있다.

달려간다. 형이는 자전거를 타고 따라간다.

"너무 느려."

자전거를 타고 슬슬 앞으로 간다. 페이스 메이커 역할이다.

"속력 몇이야."
"10."
"너무 느리네."
"반환점 다 왔어."
"휴 다 온 거다."

반환점부터 슬슬 가더니 어느새 다 도착했다.

"이번 기록은 짠 40㎞, 3시간."
"와우."
"내 몸이 건강해진다여야 되는데 더 늙어가는 거 같아."

형이가 말한다.

"건강해지는 거지 그게."
"그럼 이게 건강해지는 거야 아니면 늙어가는 거야?"

이희가 반문한다.

"건강이지."
"그런가. 아닌 것 같아서."
"너도 다음에 같이 뛰어."
"너는 몸이 살이 없고 날씬해서 달려지는 거야, 근데 살 많은 사람
은 10㎞도 못 뛰어."
"같이 뛰자고. 건강해진다며."
"자전거나 탈래."
"큭. 그래라."

집으로 온다. 몸보신을 하고 쉰다.

"Go to 뉴욕 for run."

문자로 형이한테 보낸다.

"Okay but you."

답장이 온다.

뉴욕으로 출발.

맨해튼에서 달리기

맨해튼 달리기 코스는 아일랜드에서 맨해튼까지 40㎞를 달리는 것이다. 매우 힘들다. 샌프란시스코 다리 같은 다리를 지나 뛴다. 샌프란시스코에도 제일 좋은 이런 다리는 너무 상징성을 많이 띤다.

뉴욕의 화창한 오전 일요일 모두 다 자신의 체력을 시험하기 위해 왔다. 어떻게 이 긴 싸움을 이길지 작전이 많다. 꼭 해내려는 사람들은 어떻게든 하고 만다. 그들은 근육이 찢어져도 달려낼 만한 실력이다.

초보는 하프나 10㎞ 달리기다. 꼭 해내야 한다. 그래야만 한다. 계속 달릴 뿐이다. 사실 40㎞도 운동을 많이 하는 사람에게는 기본적인 체력운동만큼 힘들 뿐이다.

운동을 시작한다. 뛴다. 도착한다.

싸움

피겨퀸 좀 그만 따라 해.

뭐 너 돌았니.

죽어버려라.

너는 이희야. 피겨퀸보다 춤을 잘 추는.

그래.

너의 아름다움으로 다시 한번 더 높으려고 해 봐. 피겨퀸을 넘어보라고. 진짜로 되니깐.

너는 다시 말하지만 피겨퀸보다 높아. 내가 본 걸로는. 그러니 퀸을 넘어 더 높이 뛰어 보라고.

방송Q

"촬영 Q."

"어떤 이야기가 있었는지."

"사랑하는 사람들이 있었어요. 모두가 다 다른 곳을 보지만 가끔 같은 곳을 볼 때 그때가 한번 오는 사랑하는 기회예요. 그들과 함께 이야기하고 웃고 떠들고 어 어 어 어떻게 보면 제일 추구하고 싶은 그런 거에요. 정말 사랑했던 뉴욕과 그런 사람들과 함께 하는 그런 일들은 세상에서 제일 멋있었어요. 네 제일 멋있는 일을 했어요. 그들을 다 사랑합니다. 그리고 저의 남친이 세상에서 제일 사랑하고 멋있습니다. 다시 한번 그들과 행복한 동행을 하는 것, 그게 제일 행복해요."

"네 누가 있었죠?"

"사랑하는 사람들이 있었어요, 그들은 다 배려해 주고 행복하게 만듭니다."

"그리고 남자친구…"

촬영 종료

공연과 촬영 끝났어.

어 네가 인기 더 높아, 피겨퀸보다. 그렇게 어렵지는 않았네. 넘는 게.

내가 퀸이다. 하하하.

하늘 한번 보자

하늘 2

봄과 겨울
가을과 여름

모두 하늘이 있다면
지금 하늘을 올려다봐

지금 내가 살고 있는
멋있을 수도 있는
하늘을 향해
그냥 한번 더 서
겨울과 여름을 한번 더 서서 본다

아침

밥이 나와 밥을 먹어
같은 나물을 만들어
밥과 함께 먹어

아침 이른 낮에
밥에
한 공기에

먹어보아
이른 아침에
새로운 활력을 찾아

다시 한번
부딪히는
아침, 번거로운 식사

밤 저녁

저녁에 올라타 지나간 거리
뛰는 놈 하나 없어 외로이 서서
걸어가 한번 풍경 한번 차디찬
겨울의 밤을 다시 한번 이겨내
다시 뛰자 다짐해 한번 더 뛴다
목적지 앞의 숨막힘을 다시 한번
행복히 다시 한번

연깃불

연기 나는 지역에 살아
연기를 마시며 살아
더없이 깊이 한번 마셔

다 타들어가는 것은
오늘 아닌 어제

다시 한번 냄새를 맡아
시가 아닌 냄새를 맡아
여기가 가장 좋은

아이들이 뛰어가는 것을
다시 한번 바라보며
장작과 연탄 타는 냄새를 맡는다

신도시

신도시까지 4시간 새로운 곳
뛰어가서 잠이 온다

널리 앉은 새들마저
날아가 벤치에서 도망가

가지려는 한 구름 뭉치
하나 가져 하늘 위로 던진다

새로운 한강 앞 더 새로운 도시를
지어 하늘 위까지 크게

새롭게 건물을 올려
희망의 기둥만 둥둥 본다

반고흐

반고흐의 물병 위로
피는 꽃들을 읽으며
지지 않는 꽃이 된 해바라기를
울며 울며 사랑한다

BUDAPEST

첨탑 너머 안에서 무슨 일이
일어나서 예전의 흥망과 쾌락이
다 지금의 영광으로 바뀌는 것이
언제쯤 첨탑 같은 것들이
하나둘 명화들이 올라올지 천천히

가을 하늘

봄 하늘이 지나
가을 하늘이 와
여름 하늘이 지나
겨울 하늘이 와

하늘을 바라보며
하늘의 위를
그저 정신껏 쳐다본다

매화꽃

어려이 어려이 피어내는
한두 뭉치 꽃들이
벚꽃 보며 웃는 마음
다시 들게 하네

나무 2

메마른 가지에 홀로 남아
지나간 그 자리를 다시 한번 볼 때
사랑하는 사람들이 하나하나 지나가
그 자리에 서서 하나의 나무같이 되어
하나의 꽃을 피어 올리면 좋겠네

등산

올라가는 길 길은 멀지만 하루를
올라가 더 높은 산을 바라보며
한 발짝 한 발짝 뛰어 본다

산의 험로보다 어려운 아니 딱 그 정도 어려운
등산로를 한 발짝 두 발짝 겨울짝 올라간다

만세 만세 뒷배경만 울려온다

하늘 1

푸른 하늘이 높이 솟아
닿을 수가 없다
뜀박질을 하며
달려 본다
기다려온 하늘이
나의 위를 덮어 나는 가을이다

늦가을

늦게나마 추수해 먹은 곡식
다시 한번 돌아서 힘든 노동을 생각한다
다시 한번 돌아서 깊은 노력을 생각한다
피어나는 겨울이여
초겨울은 걸음걸음 걷기 너무 추워 좋을 뿐이다

감기

감기에 걸리면 어찌 좋은가
죽을 먹고 침대에 앉아 정오의 온기를 맞는다
그저 누워 밥을 데워 먹는다
파래진 눈 없어진 콧망울
남은 건 오로지 남은 온기뿐

시인

시로 쓰는 글은

나의 가슴을 뚫지는 못한다

마음을 적실 뿐 뚫지 못한다

다음에 나오는 진실한 사랑 후에야

내 마음이 뚫려 시인만큼

시인이 돼 보자 한다

밤공기

불빛 반 어둠 반

밤공기를 마시며

뛰어가며 달려가며

철이 없는 이유는 오직 한 사람밖에 몰랐을 뿐

다시 뛰는 이유도 그 사람밖에 몰랐을 뿐

바보가 된 이유도 그 사람밖에 몰랐을 뿐

바보가 다시 뛴다